あたしたちよくやってる

山内マリコ

幻冬舎文庫

あたしたちよくやってる

あたしたちよくやってる　目次

short story

How old are you?（あなたいくつ？）

「あたしって本当はパンクな女の子だったんだよ」

ついにキレて、彼にそう訴えた。

日曜の夜八時。

ショッピングモールの駐車場で、いまから車に乗り込んで帰ろうってときだった。

つき合って二年の彼氏がきょとんとしている。ただきょとんとしているだけなのに、その顔にはいつものように、あたしへの非難がしっかりと滲んでいるように見えた。

もしかしたら、これはあたしの性格が卑屈にねじまがっているせいかもしれない。なんの意味もない表情から、「お前はバカで才能もない冴えない女だ」っていうダークなメッセージを勝手に嗅ぎとってしまっているだけなのかもしれない。それか、彼が日曜なのにスーツなんか着ているせいかもしれない。バカみたいなスーツ——国道沿いの量販店で、〝二着目からは半額〟なんていうキャンペーンにまんまと乗せられて買った安物の——ダークグレーのスーツ。せめてもうちょっとカジュアルな、休日らしい格好で来てくれればよかったのに。Tシャツとか、ポロシャツとか、スニーカーを履くとか。そしたらあたしの着ているものが、それほどみすぼらしく見えたりはしなかったのに。

「別になんでもいいよ。そのジーパンでいいじゃん。なにが問題なんだよ」

そう言われてあたしは言葉に詰まりながら、ああ、つき合って二年で、あたしたちの関係はこんなことになってしまったのか、と愕然《がくぜん》としていた。まだ一緒に旅行にも行ったことないのに、彼は古女房に向けるようなうんざりした顔をしている。こんな気まずい空気になったのは、全部お前のせいだと言わんばかりの顔。つき合う前とはまるで別人の態度。

別人といえばあたしもそうだ。

スキニーデニムにエナメルパンプス、ブルーのストライプシャツの襟を立てて袖口をまくって軽く着くずして、セミロングの髪をゆるく巻いたあたし。ＯＬの二人に一人が持ってそうなコーチのショルダーバッグを肩に掛け、コンサバティブの権化みたいになってるあたし。

これは誰だ？

この無難な女は何者だ？

「あなたといると、あたしの中のパンクな女の子が悲鳴を上げるのよ」

あたしは、溢れ出る感情ではち切れそうになる。涙が出そうなのをこらえながら、声を絞り出して訴えかけた。すると彼はますます困惑した顔で、「ハァ？」と言う。今度は明らかに人をバカにした顔だった。

——意味不明なんですけど。そしてその意味を理解する気はないんですけど。

あたしは彼の表情から、そんなメッセージをしかと受け取る。むかつく顔のあとには、ダイレクトに言葉が飛んできた。

「オレは休日出勤のあとにわざわざお前を車で迎えに行ったんだぞ？　時間がないからスーツのまま家にも帰らず、睡眠時間だって全然足りてねえのに、お前が『レ・ミゼラブル』を観たいっていうから。ネットでチケット取ってやったし、カプリチョーザで飯もおごったし。なんなの？　なにが不満なの？　『レ・ミゼラブル』はつまんなかったよ。なんだよあの話は。全然ピンと来ねえよ。だいたいオレは『007スカイフォール』が観たかったんだよ。なのに『レ・ミゼラブル』につき合ったんだぞ？『007』観たい奴が『レ・ミゼラブル』を観せられるなんてけっこう辛いぜ？　でもオレは文句も言わず観た。なのにいきなり〝あたしはパンクだった〟とかわめかれて、お前それどうしろって言うの？　頭おかしいんじゃないの？」

ほら来た！

あたしは思わず目を見開く。

いっつもこれだ。

あたしが感情を露わにすると、理路整然と自分がいかに正しいか、いい彼氏であるかを並べ立てて、最後にこう言うのだ。「頭おかしいんじゃないの？」。自分は世界一まともだって顔をして——量販店で買ったスーツを着ていれば、誰でも善良な市民に見える！——そしてこう言うのだ。

「頭おかしいんじゃないの？」

あたしはその一言に、大いに揺らぐ。そして怯える。

そうなのかも。あたし頭おかしいのかも。あたし変なのかも。

これでも昔は、「変わってるね」って言われることを、喜ぶような女の子だった。みんなと同じなのは我慢できないタチだった。〝個性的〟という言葉は勲章だった。その先に、未来は無限に広がっていると信じていた。

でもいまやあたしは、気まぐれで突飛な衝動を抑えこんで、取り澄ました顔で彼氏の横に立っている。地方新聞社に勤めてるなんて田舎じゃ優良物件だし、けっこうカッコいいし、いい人だし。そしてあたしは、もう二十八歳だ。

この二年、誰が見てもまともだと思うような外見に、あたしは少しずつ変わっていった。オノ・ヨーコみたいに伸ばしっぱなしだった黒髪を、彼が「なんか禍々《まがまが》しいな」って言ったから、美容院に行って女子アナ風にカットしてもらった。古着のワンピースを着ていたら、訝しげにクンクン服の匂いを嗅いできて眉間にシワを寄せ、「ばーちゃんちの匂いがする」って言われたから、あたしはその服をモードオフ行きの紙袋に突っ込んだ。そしてトゥモローランドで売ってる上品でこぎれいな服を買うようになった。大学時代からあたしのトレードマークだったトニーラマのウエスタンブーツをクローゼットの奥深くにしまって、ファビオルスコーニのパンプスを履くようになった。そうして十代のころからこだわってきたファッションポリシーをかなぐり捨てて、あたしはどこに出しても恥ずかしくない、誰が見てもまともな女になろうとした。新聞記者の恋人――ゆくゆくは新聞記者の奥さん――にふさわしい、まともな人間になろうとした。

もう身の丈に合わないことはしなくなった。夢を見るのをやめ、堅実に生きようとした。親もうるさいし、あたしだって早く結婚したい。結婚して郊外の建売住宅を買って、二年以内に一人目の赤ちゃんを産むのだ。ママになった友達はみんな、「産むなら早く」ってそればっかり。だからなんとしても二十代のうちに産んでおきたい。十代の頃はお母さんになりたいなんて思ったことなかったけど。子供を産むのは、勉強しなくても進級できる義務教育みたいなものかと思ってたけど。そうじゃないんだ。そうじゃなかったんだ。

ウエディングドレスが似合うようにしておかなきゃいけないから、あたしは一九九四年のウィノナ・ライダーに憧れるあまり衝動的にベリーショートにしてしまう、なんて過《あやま》ちはもうおかさない。昔はしょっちゅうそういうミスをして、男に見向きもされないハメになった。ああいう髪型は、本当に若くて、本物の美人じゃないと似合わないものだ――もしくは六十歳を過ぎて、モテとかどうでもいい境地に達したおばさんか。

身の程を知るあたしは、この無難な顔立ちに似合う髪型をして、無難な服を着る。ティム・ガン■のファッションチェックに倣《なら》って、年相応じゃない服は全部捨てた。思い出が染み付いたお気に入りの刺繍ワンピースも捨てた。クローゼットには、大人の女を美しく引き立てる十のアイテムさえあればいい。自分でも日和《ひよ》ってるってわかる。でも、タヴィ■ちゃんだって二十八歳になったらこの気持ちをわかってくれるはず。あのタヴィ・ジェヴィンソンだって、二十八歳になったら……。

いつもなら、ケンカのあとはこんな展開だ。

彼に適当な言葉でなだめられると、帰り道にあるラブホテルに寄って、セックスして、そのあと送ってもらう。空中分解したままのケンカは、もやもやと胸のあたりにわだかまっているけれど、あたしは助手席で感情を押し込め、大人しくしている。夜を走る車の中、猛烈な孤独に襲われる。圧倒的なディスコミュニケーションを前に、

■［註］23ページにあり

為す術もない。この気持ちを、彼に伝わるような言葉で話すことは不可能で、ただただ持て余す。

それでいつも、あたしは家に帰ると、ミシンをかけるのだった。

母親がお嫁入りのときに持たされたジャノメミシン。およそ三十年、誰にも使われず押入れに眠っていたもの。

あたしは彼に伝えきれなかった気持ちを、ミシンの直線縫いによって吐き出す。

ダダダダダダと物々しい音を立てながら、戦車が突進するように前へ前へと進む針先に意識を集中させる。手当たり次第にパッチワークして、いろんな色や柄が混じりあった一枚の布を作り出す。糸は荒々しくほつれ、ボロ布のように見える。というかこれは、布を接《は》ぎ合わせただけのボロ布だ。運が良ければ百年後、柳宗悦《やなぎむねよし》の民芸運動みたいなのがまた起こったとき、偶然発見されて、それなりの価値を見出されるかもしれない。

〈ある田舎町の屋根裏部屋で発見されたパッチワーク。二十一世紀初頭のもの。当時二十八歳だった独身女性の手による、欲求不満の結晶体〉

そんな解説を付けられ、ガラスケースに展示されたりして。

でも最初に言ったように、この日のあたしは完全にキレていたのだ。『レ・ミゼラブル』の映画でアン・ハサウェイが歌う『夢やぶれて』が頭の中をリピートし過ぎて、もう自分をコントロールすることができなくなっていた。歌につられて必要以上にみじめな気持ちでいっぱいのあたしは、ついに言ってやった。

「女はみんな結婚したがってると思って、人のこと見下すのいい加減やめてよ！　たとえ結婚しても、そんな結婚、ただの欺瞞《ぎまん》だから！」

そう、そんなこと、最初からわかっていたのだ。でも、無視してた。

だってあたしもう二十八歳だから。精神的な安定が必要な年だから。経済的にも一人で生きていくって無理だから。賢くならなきゃいけない年だから。二十五歳を過ぎてから恋人と別れるのは相当な痛手だから。田舎町に住むまともな二十八歳の女は、結婚して子供の一人でも産んで、郊外の建売住宅に住んで家事と子育てに勤しまなきゃいけないから。

あたしも、若いころは怖いもの知らずだった。

でも、希望に満ちていたあのころの夢は破れたのだ。

『夢やぶれて』つながりで、今度は頭の中にスーザン・ボイルの声が聞こえた。彼女があの、「この人ヤバいんじゃない？」ってまわりの人を不安にさせるようなしゃべり方で、こう言っているのが聞こえた。

——本当に？

——本当にそうかしら？

YouTubeで一億回以上再生されたという、あの有名な公開オーディションの様子。審査員の男に〝How old are you?〟と訊かれて、たしか彼女はこうこたえた。〝I am forty seven.〟

四十七歳！

その年齢にみんな失笑しながらも、彼女が第一小節を歌うやいなや、観客はその崇高ともいえる歌声に胸打たれ、総立ちになって喝采を送った。あたしはあの動画を何度も何度も再生しては毎回泣いた。あの感動的なシーンを見ると、怖いものなしでクソ生意気だった十代の自分が蘇って、あたしに勇気をくれるのだ。

あたしは完全に『レ・ミゼラブル』調で、彼に訴えかけた。

「あたしは、〝こんなはずじゃなかった〟って後悔しながら生きたくないの！」

夜八時、ショッピングモールの駐車場。

「夢が恥に変わるような思いは、味わいたくないの！」

そう言いながら、あたしは自分のシャツの袖を、ビリッと引きちぎった。大人の女によく似合う、コンサバティブなブルーのストライプシャツを。

「こんなもの！　こんなもの！」

あたしは引きちぎった袖を地面に叩きつけて、エナメルパンプスで踏みつけていた。

「あたしはもっと、パンチのある服が着たい！　みんなが眉をひそめるような、思いっきり反抗的な服が着たい！　人をザワつかせるような、とんでもない服が着たい！」

「……はぁあ～？」

彼は困惑しつつ、迷惑そうに顔を歪《ゆが》ませる。

あたしは、ついに白状した。これまで誰にも話したことがなかった秘密を。

「あたしの夢は、ファッションデザイナーになることなの」

あたしはしゃがみ込んで、泣きながら言った。

♥
♥
♥

そこからのあたしの人生は、およそ日本の片田舎に二十八歳になるまでくすぶっていたとは思えない展開だ。

派遣の仕事を辞め、彼氏とも別れ、親に頼み込んで結婚資金に貯めてくれていた貯金をもらい、あたしは街を出た。

行き先は東京?

いや、ニューヨークだ。

あたしはパーソンズ美術大学に入学してファッションの勉強を一からやり、有名デザイナーの下にインターンとしてつき、そこからの数年をアシスタントとして過ごした。そして満を持して、『プロジェクト・ランウェイ』に応募ビデオを送る。切り裂いた布をミシンでパッチワークしたあのボロ布を手に、ビデオカメラに向かってプレゼンテーションする。

「ハーイ、ハイジ! ティム! あたしはファッションデザイナーになりたくて日本から来ました。この布は、あたしのシグネチャーです。あたしの気持ちを代弁してくれているの。田舎町でくすぶっていたときに感じた、怒りや悲しみを表現しているのよ。あたしはこの布を使って、とても美しいドレスを作ります。既存の価値観にはとらわれない美だから、それを美しいと思わない人もいるかもしれないわね。でも、これがあたしよ《This is me.》。あたしは今年三十四歳になります。デザインの勉強をはじめたのが遅かったから、キャリアがあるわけではないけれど、でも心配はしていません。あたしは自分の可能性にワクワクしています。どうもありがとう！　いいお返事を期待しているわ。バーイ」

カメラの前、考えていたセリフを英語で話し終えると、ふと気づいた。

——あたしは今年三十四歳になります。

三十四歳？　三十四歳だって！

それがあまりにも若いので、あたしはビデオカメラの前でつい、にやにやした。

・**ティム・ガン**——アメリカのファッションコンサルタント。リアリティ番組『プロジェクト・ランウェイ』の助言役《メンター》として知られる。十の基本のアイテムによるコーディネートを提案した冠番組『ティム・ガンのファッションチェック』は、日本でもEテレで放映された。

・**タヴィ・ジェヴィンソン**——二〇〇八年、弱冠十一歳でファッションブログ"Style Rookie"を開設し話題に。その後、ポップカルチャーやフェミニズムを扱う十代向けオンラインマガジン"Rookie"を立ち上げる。現在は女優デビューし、映画やドラマ、ブロードウェイの舞台にも出演している。

・**スーザン・ボイル**——二〇〇九年にイギリスのオーディション番組『ブリテンズ・ゴット・タレント』に出場。彼女がステージに現れると笑いが起きたが、ミュージカル『レ・ミゼラブル』の挿入歌『夢やぶれて』を歌った瞬間、喝采に包まれ、一躍スターとなった。

・**『プロジェクト・ランウェイ』**——二〇〇四年にスタートしたアメリカのリアリティ番組。才能あるファッションデザイナーを発掘することを目的に、参加者に課題が与えられる。制限時間内に製作した服をショー形式で発表、毎回一人ずつ脱落していく。日本でも二〇〇六年からWOWOWで放映。

・**ハイジ・クラム**——ドイツ出身のスーパーモデル。『プロジェクト・ランウェイ』の司会を務める。

essay

ライク・ア・ガール

『女の子らしく（#LikeAGirl）』と題された実験ムービーがある。

アメリカの生理用品ブランド「Always」が、二〇一四年に公開した三分ほどのプロモーション動画だ。YouTube での再生回数は六千万回を超える。

スタジオに呼ばれた大人の女性、男性、それから少年たちが、ディレクターから「女の子らしく走ってみて」と指示を出される。すると全員が不自然な内股で、手足をばたつかせ、おかしな走り方を披露する。みんな、なんとなく半笑いだ。「あ〜ん髪が乱れちゃうぅ〜」みたいな仕草を加える人もいる。彼らは頼まれてもいないのに、「女の子らしい」動作の根底にある、女子特有の〝媚び〟を強調してみせる。

「女の子らしくボールを投げて」「女の子らしくケンカして」の指示にも同様の反応。

ボールを投げるフォームは肘から先しか動かない、いわゆる「女の子投げ」ってやつ。ケンカで繰り出されるのはへろへろの猫パンチ。わざとらしくくねくねして、人の目ばかり気にしてる。とにかくみんな「女の子らしく」と言われると、めちゃくちゃバカにした感じになるのだ。

ところが、本物の女の子に「女の子らしく走ってみて」と言うと、まったく違う動きが返ってくる。十歳くらいの少女たちは、女の子らしく、誇り高く全力で、その場で走ってみせる。スタジオを駆け抜けちゃってる子までいる。「女の子らしく走るってどんな意味？」と質問され、一人の女の子が真剣なまなざしでこう答える。

「できるだけ速く走るって意味」

わたしはこの動画が大好きだ。何度も何度も見てしまう。そして毎回、少女たちの躍動感いっぱいの動きに胸を打たれ、ちょっと泣いてしまう。

本物の女の子が信じる「女の子らしさ」と、それ以外の人たちが、いわばフェイクとして認識してしまっているイメージとしての「女の子らしさ」。

このズレって、なんなんだろう。

「女の子らしい」という言葉が表すのは、優しいとか可愛いとか控えめとか従順とかおとなしいとか親切とか思いやりがあるとか華奢《きゃしゃ》とか色白とか清潔とかいい匂いがするとか、そういう感じだろうか。「女らしい」だとそこに、料理がうまくて家庭的とか、子供好きとか世話好きとか、男を立てるとかちょっぴり色っぽいとか……なんかそういう「モテそうな女子」もしくは「お嫁さんにしたい女」の条件みたいなものが、闇鍋みたいにぶち込まれてくる。

十歳くらいまでは、女の子も男の子も、それ以外のセクシャリティを持っているかもしれない子たちも、十把一絡《じっぱひとから》げに「子供」だ。でも思春期になり、「もっと女の子らしくしなさい」と言われるようになると、少女たちはそれまでの、ハチャメチャで自由奔放だった自分を恥じて、縮こまってしまう。だって「女の子らしい」は、誰かに守ってもらわなくちゃいけない存在だから。年頃の少女たちは、社会に蔓延《はびこ》る有形無形の、「もっと女の子らしくしなさい」のメッセージを受け取ったとたん、みるみる自信をなくし、力をセーブしてしまう。そして、女の子らしくない女の子だったときの気持ちを忘れてしまう。

忘れるだけじゃなくて、「女の子らしさ」を嘲笑《あざわら》うようになる。『女の子らしく

(#LikeAGirl)』の動画の中で、誰よりもノリノリで「女の子らしく」をバカにして演じているのは、他でもない大人の女の人たちだった。

動画には続きがあって、そのことに気づいた女性たちは、大きなショックを受ける。そして、「女の子らしさ」について考え直す。「女の子らしさ」にまとわりついていた偏見や、内なる差別を自覚する。この動画の狙いは、まさにそこだったのだ。

「女の子らしく/女らしく」という便利な言葉のネガティブキャンペーンは日常茶飯事だ。親が、祖父母が、学校の先生が、同級生の男の子が、無意識にまきちらす。それからメディアも。たとえばネットで炎上した、女性向け商品のCM。炎上したCMに共通している問題は、「女らしさ」をあおっている根っこの部分。女らしい服を着ろ、女らしく二十五歳になったら「もう若くはない」と思え、女らしく男が喜ぶようにビールをいやらしく飲め、女らしくワンオペ育児に奮闘しろ、そこに生きがいを感じろ——。一見するとどれもよくできたキャッチーなCMだ。しかし制作者が無意識に抱いている「女らしさ」の定義が透けて見える。

企業が商品をあの手この手で宣伝するのは当然である。でも、「女らしく」を便利に使って危機感をあおり、焦らせて買わせようとするのは汚い手だと思う。そしてこういうCMは商品以上に、「女らしく」のイメージの方を宣伝してしまっている。そういう押し付けは、百害あって一利なしなのだ。

『女の子らしく（#LikeAGirl）』の素晴らしい動画は、作ったのが生理用品メーカーということもあって、初潮を迎える年頃の女の子が直面する問題をテーマにしている。しかし「女子と年齢」という問題は、まだまだその先にもヤバい落とし穴がぼこぼこ空いているのだった。

めちゃくちゃ若かったとき、わたしは自分が無敵に思えた。そして、「あたしもう二十八歳だから、二十八歳らしい格好をしなくちゃ」みたいに考える女性をバカにしていた。世間体を気にしたことはなかったし、結婚なんて考えたこともなかったし、ただひたすら自由に生きたいと思っていた。自分の若さは永遠な気がしていた。

けれど時が流れ、わたしは少しずつ、若くなくなりはじめた。そしたら突然、ものすごく弱くなった。年相応じゃない格好をしている自分を恥じて、薄汚いデニムを捨て、センタープレスのきいたクロップド丈の上品なパンツとかをはいた。「パンツスタイルのときは足首を出して女らしく」というファッション誌の教えに従った。そうして、自分じゃないものになろうとした。

とりわけ結婚を意識するようになると、なにか大きなものにおもねろうとしてしまうのだ。男の人に気に入られようと、自分の個性を自分で潰してしまう。わたしも自分らしさに蓋をして、「女らしく」あろうとした。無敵の若さを誇ったあのころの自分がバカにしていたタイプの女性に、気づいたらなっていた。『女の子らしく(#LikeAGirl)』の実験動画で、ありったけの蔑みの気持ちを込めて「女の子らしく」走ってみせた、女性たちのように。

「女の子らしく」は女の子を縛る。それを広める勢力へのレジスタンスとして、深い反省と次の世代への希望を込めて、「自分らしく」の肩をどんどん持っていきたい。「女の子らしく」の呪いを解くことができるのは、「自分らしく」しかないのだから。

自分らしく生きることを決めた女の目に涙

勝手にわたしを男に紹介するのはやめて。

いくら友達でも、善意でやってるつもりでも、売られた気分になるからやめて。

わたしはわたしのものだから。誰のものでもないんだから。

「ね、言ったとおり美人でしょ⁉」

彼女はわたしを自慢げに紹介する。

「ああ。目元が涼しげな和風美人だね」

初対面の男は、わたしをそう評した。

一重まぶたってだけで、涼しげ涼しげってうるさいよ。濃いめのアイシャドウで強調したキツい目は、男に好かれるはずがない。きっとこの男も、ほどよく女らしい子が現れるのを期待していたんだろう。マスカラたっぷりの二重まぶたに、淡い色のぺらっとした服を着て、髪をふわふわ巻いた女——昔のわたしみたいな女が。

「またずいぶんバッサリいったよね」

久しぶりに会ったとき彼女は、わたしの変身に驚いていた。

思春期以来ずっと悩みだった一重まぶたを隠さず、すっきりしたショートに髪を切った。気分はすごくよかった。やっと自分を取り戻せた。ううん、生まれてはじめて自分自身になれた感じ。

だけど苦しいのは、なぜ？

好きなように生きてるだけで、苦しい。

自分らしくあろうとするだけで、なにかと闘うことになる。男とも、女とも。

「勇気あるよね。すごく似合ってるよ」

うん、わたしもいまのわたしは好きよ。

だけど、誰かの期待に応えられていないことに、わたしはなんでこんなに、落ち込んでいるの？

若さ至上主義に憤るコノシロと未来のあたし

やっぱ遊び慣れてる年上の男って最高だわ。こんな高級な鮨屋にサラッと連れて来てくれるんだから。深澤さんは女の扱いも心得たもので、あたしをお姫様みたいな気分にさせてくれる。

大将が今日のおすすめにコハダを挙げる。

あたしは「ヒカリモノ大好き！」と微笑み、深澤さんはすかさず、「ヒカリモノって言っても貴金属じゃないんだぞ？」とおじさん臭いギャグを飛ばしてくる。あたしは内心「つまんな〜」と思いながら、「わかってますよぉ〜」と甘えてみせた。

寿司下駄に、コハダの握りが出される。

「いいコハダだねえ」と深澤さん。

「旬ですからね」と大将。

「あれ？　シンコっていうのは、コハダとは違うの？」深澤さんがたずねた。

「同じ魚ですね。出世魚なんで、名前がころころ変わるんです。稚魚が少し大きくなってシンコ、十センチくらいまでをコハダ、成魚になったのがコノシロ。コノシロの旬は冬ですが、握りじゃなくて、揚げ物や塩焼きにして出します」

「なんでですか？」あたしは首を傾げて訊いた。

「小骨が硬くなるんで、成長したやつは鮨にはちょっとね。コノシロっていうのは、出世魚といってもブリなんかと違って、若いときがいちばん美味《おい》しくて、値打ちがあるんです」

「へえー、まるで女みたいだな！」

深澤さんの発言に、大将も大笑いした。

あたしも一緒になって笑おうとするけど、目が、うまく笑えてない。

店内を見回すと、あたしと深澤さんみたいな、中年オトコと若い女のペアばかりだ。

あたしは思わず、食べたばかりのコハダを、オエッと吐き戻しそうになった。

sketch

夢見る頃を過ぎた元美大生のママですけど何か？

美大に通っていたせいか、そういう時代だったからか、あたしが学生のころはバックパッカー経験がないと、ちょっと格好つかないような空気があった。

あたしもサークルのみんなとインドに旅行することになったものの、本当は全然行きたくなくて、結局むちゃくちゃな理由をつけて直前にキャンセルした。

同じようにインド旅行計画から逃げた子がほかに二人いて、「同志発見！」とばかりあたしたちは親友になった。それがいまや三人全員結婚して主婦となり、仕事を辞めて、子育てに追われている。

インド料理の店で定例の憂さ晴らしランチをしているとき、一人が言った。

「実は最近、あぁ、いまこそインド行きたいな〜って思うことあるんだよね」

思えばあたしたちがこんなに毎朝早起きして、ごはん作って、マジメに〝お母さん〟やってるなんて、異常事態だ。

「うちら、あんなに自由奔放だったのに、なにこの所帯じみた感じ……」

「子育て終えて五十歳とかになったら、インド行こうか」

「五十歳でインドか。それいいかも」

「行こう！」

イエーイと盛り上がった瞬間、うちの息子が真っ赤なカレーが入ったステンレスの小鉢に、顔からダイブした。そこからはもう修羅場だ。

美大生って、「狂ってる」とか「いかれてる」とか言われるセンスが、超イケてるみたいな価値観があった。「脳ミソぐるぐるな感じ」だとか。なに言ってんだよクソガキが。いまの方がよっぽどサイケデリックだわ。

三人集まればあれこれ夢を熱く語ったものだけど、もううまく思い出せない。

あたしたち、なにになりたかったんだっけ？

essay

さみしくなったら名前を呼んで

昼間にチェーン店のコーヒーショップに行くと、男女の性差をしみじみ実感できる。男性は基本的に一人で、黙々となにか読んでいるか、なにか書いているか、腕組みして寝ている。そして女性は二人ペアかグループが多く、のべつまくなしにしゃべり倒している。店内にはあらゆる年代の女性の声がさんざめいて、どうしようもなく耳に入ってくるその会話は、なかなかにノイジーだ。下世話さ満点で愚痴っぽく、興奮状態のおばちゃんたちは態度も結構ひどかったりする。

でも、すごく楽しそうだ。

彼女たちは、友だち同士なのだ。

友だちと一緒にわいわいやっている、至福の時間なのだ。

夕飯時の少し前、彼女たちはまだまだ話し足りない様子で、名残惜しそうに席を立ち、それぞれの家へと帰って行く。

友だちとのおしゃべりなしに生きるなんて不可能だった。毎月、ケータイの通話料の請求書に戦々恐々としていた。それが二〇〇〇年代後半、スカイプのおかげで、遠く離れた場所に暮らす友だちとも、お金のことを気にせず、心ゆくまでおしゃべりすることができるようになった。コミュニケーションに革命が起こったのだ。

何日の何時からねと予定を立てて、お茶やお菓子をセットして、その時間を待つ。二時間、三時間超えは当たり前。途中トイレ休憩を挟みつつ、とにかくひたすらしゃべりつづける。

気の合う友だちとの長話には、導入、ダレる箇所、盛り上がり所、カタルシスの瞬間など、流れに一種のドラマがある。誰かに話すことで自分を見つめ直し、自分を立て直して、明日からもがんばろうと励まし合う。スカイプが切れる時の〝ぽわん〟という音は、日常に戻る合図だ。いつまでも友だちとしゃべっていられる時代はもう終わったのだと、気付かされる音でもある。

スカイプで話す友だちとは、年に一度会えればいい方だけど、昔は約束せずにいつでも会っていたし、時間の感覚なしに延々と一緒に過ごした。同じ学校だったり、家が近かったりしたから、家族以上に密につき合った時期もある。友だちというか、親友だ。本物の、親友。

だけど親友とは、どこかのタイミングで行き別れて、それぞれの人生をはじめなくてはいけなくなる。わたしのデビュー作、『ここは退屈迎えに来て』というタイトルには、親友とはなればなれになったころ、呪文のように唱え合っていた思いがこもっている。あれは、男の子に迎えに来てほしいんじゃなくて、魂の片割れみたいだった親友に、迎えに来てほしかったのだ。もしくは、退屈だ退屈だとあえぐ、あの子を迎えに行きたかったのだ。

でも、実際に迎えに行くことはなかった。もちろん彼女が迎えに来ることとも。

女の子同士、友だち同士は、男女のように結婚して、一緒に生きてはいけない（というこことになっている。一応。別に女の子だけで生きたってよかったのにね）。その時期が来れば友だちはどこかへ退場し、いちばん親密な他人のポジションは、男性に取って代わられる運命にある。女性は大人になると、それを望むようになる（それを望むよう、仕向けられると言うべきか）。

コーヒーショップでコミュニケーション欲求をスパークさせているおばちゃんたちの会話も、わたしが深夜にコソコソはじめる友だちとのスカイプも、内容は自己完結的だしときどき下品だし、愚痴や悪口でいちばん盛り上がるし、本音がモロ出しすぎて目も当てられないくらいひどい。でもコアの部分には、どの人の心にも、キャロル・キングの『You've Got a Friend（君の友だち）』がアンセムのように流れている。その曲を知らない、おばちゃんたちのハートにも。

「わたしの名前を呼ぶだけでいい／どこにいたって駆けつけるから　あなたに会うために／冬も春も　夏でも秋だって／呼んでくれるだけでいい／そこへ行くわ／あなたには友だちがいるの」と歌うキャロル・キングの声は、何時間も友だちとしゃべって話し疲れたみたいに、心地よくかすれている。

わたしの新しいガールフレンド

ユキちゃんの家まで、小三のときは一八〇歩、中学生のときは一三〇歩で行けた。高校生になると自転車のペダルを十五回くらい漕げば着いた。車に乗りはじめてからは、アクセルをほんのちょっと踏むだけで行き過ぎてしまう。

記憶にはないけど、同じ幼稚園バスで通園していたっていうし、そもそもわたしたちがお腹にいたころから母親たちはママ友で、育児のことをあれこれ相談し合っていたというから、もう運命の糸で結ばれたみたいに、わたしたちは生まれてきた。

ユキちゃんのママは若くて美人で、うちのママは別に若くはなくて顔も普通。彼女たちの姿がそのまま反映されたのがわたしたちだ。ユキちゃんは手の込んだ複雑な編みこみの髪型がトレードマークで、十歳になる前からファッション誌を読んでた。ユキちゃんは生まれつき友達をつくるのが上手だった。ついでに彼氏をつくるのも上手で、小学五年生のときには、もう二股かけて彼氏を怒らせたりしてた。そして二十歳になっても同じことをしていた。

母親同士がなにからなにまで——幼稚園の持ち物リストに載ってたお手製の巾着袋の生地選びから、中学の体操着につけるゼッケンの縫い方まで——逐一相談し合いながら決めてきたから、わたしたちも当然のようにそうした。どの部活に入る？　どこの高校に行く？　卒業したらどうする？　どうでもいいことからわりと大事なことまで、なんでも相談し合って決めた。だからわたしたちの履歴書の左半分はそっくり同じ。筆跡まで似てた。これはわたしが、ユキちゃんみたいな女の子っぽい可愛い字が書きたいと、練習した成果である。

「女ばっかりなんてつまんなそう」

なんて言いながらも、ユキちゃんはわたしと一緒に地元の短大に進んだ。

この短大に通うのは、親も自分も、できるだけいいところにお嫁に行きたいと思ってる人か、将来は保育士になりたいと思っているようなまじめな子ばかりだ。みんな感じがよくていい人たちだけど、別に友達になりたいとは思えない。ユキちゃんが短大の外でつるんでるような、遊んでる感じの女の子たちの方が、一緒にいてわくわくした。

そういう子たちはやたらと店に詳しくて、知り合いが多くて、服屋に置かれてるフライヤーのイベントにしょっちゅう顔を出す。そしてタバコを吸いお酒をがぶがぶ飲む。正体をなくすほど飲んで、介抱してくれた男の子とすぐやっちゃう。

短大を卒業するのを待たずにユキちゃんは結婚した。

ユキちゃんのママは、でき婚ではなく〝授かり婚〟であることを強調してた。ユキちゃんの旦那さんになる人はかなり年が離れてて、結婚式では新郎側の友人が新婦側の友人にセクハラまがいの絡み方をしまくってた。旦那さんはそこそこイケメンだ。彼の実家の近くに、家を建てる予定という。うちから車で二時間近くかかる、わたしの下手くそな運転じゃ怖くて行けないような場所だ。

ユキちゃんがいなくなったらどうやって生きていけばいいんだろう。すごく不安だった。でもなんでだろう、わたしはこれまで感じたことのない解放感も、ちょっとだけ感じていた。なにしろわたしたち、あまりに長く、一緒だったから。

短大を卒業して就職したのは、食品加工工場だった。パートのおばさんたちが、白いネットをかぶってマスクとエプロンをつけて白いゴム長靴を履いて、全身を真っ白におおってあくせく働いている工場の、横に建つプレハブみたいな事務所で、わたしは毎日伝票を書いたりファックスを流したりする。となりの席で経理を担当しているのは、勤続数十年レベルの山石さんという女性。うちの母親よりたぶん年上だ。

山石さんはおばさんだけど、工場にいるパートのおばさんたちとはタイプが違う。山石さんはいろんな種類のクルーネックカーディガンをローテーションさせて着てくる。首元にはきまってパールのネックレス。膝が隠れる丈のスカートを合わせ、高いヒールの靴を履いて、茶色い革ベルトの腕時計をしている。働きはじめてから急にいい腕時計が欲しくなったから、わたしは思い切って、「その時計、どこで買ったんですか？」とたずねてみた。

「マツダ宝飾店」

地元の繁華街に古くからある、「マッツダ・マツダ・マツダ宝飾店♪」のローカルCMでお馴染みの店の名前が返ってきた。

みんなは昼休みになっても会社の外に出ないで、持参したお弁当かコンビニで買ってきたもので済ますけど、山石さんだけはランチを取りに毎回外に出た。最近増えてきたオーガニック系のお店に行くこともあれば、ラーメン屋で作業服の男性にまじって中華丼を食べることもあるそうで、とにかく美味しいものが好きという。一時間の昼休みでは行ける店も限られてるけど、山石さんはタウン誌をめくって店の開拓に余念がない。わたしは、事務所に帰って来た彼女にコーヒーを出して、

「今日のランチどうでしたか？」とたずねた。

山石さんは、お店の説明や、さっき食べたものの話をした締めくくりに言った。

「あなたも行けばいいのに。なんでこんな薄暗いところにずっといられるの？　せっかくの昼休みくらい外の空気吸いたくない？」

わたしは、そのとおりだなと思った。机に突っ伏して昼休みをやり過ごす社員をチラリと見て、なんでわたしはこんな息のつまる場所に、自分のことを閉じ込めていたんだろうと不思議に思った。

ある日、ちょっと思うところあって、退勤した山石さんを尾行してみた。

本当は普通の流れで仲良くなりたいんだけど、生まれたときからユキちゃんとずっ

と一緒にいたせいか、どうやって人と距離を詰めればいいか、やり方がわからないのだ。山石さんの運転はけっこう荒くて、尾行は大変だった。夕方の道はひどい渋滞だから、車線変更に追いつくのも一苦労、何度もヒヤッとした。それでもどうにか食らいつき、やがて山石さんの車は市内の繁華街にある駐車場に止まった。

山石さんが車から降りるとき、さっと地面にハイヒールを置き、ぺたんこの靴から履き替えている姿を目撃。そっか、運転するときはちゃんと運転用の靴を履いてるのか。わたしも今度からそうしよう。ハイヒールを履いた山石さんは、颯爽とした調子で街をぶらぶらしはじめた。

高そうなセレクトショップに入り、ハンガーにかかった洋服を、ページをめくるように次から次へと見ていく山石さんは、外から見てるとまるでニューヨーカーみたい。古道具の店で器をじっくり選ぶ山石さん。本屋さんで雑誌を買っていく山石さん。わたしはいましかないと店に飛び込み、山石さんと鉢合わせて「あっ」と声をあげた。

「あら、平井ちゃんじゃない。偶然ねぇ。よく来るの？」

わたしは「はい！」と大きくうなずいた。嘘だった。

中心市街地にはほとんど来たことがない。うちからは遠いし、子供のころから筋金入りのショッピングセンター育ちだ。学生のころも、この辺りにはほとんど来たことがなかった。

「山石さん、あのぅ、これから、用事ってありますか？」

「ううん、別にないけど。金曜はね、いつもこの辺ぶらぶらすんのよ。外食して、家の近所の店で飲み直すくらいかな」

「じゃあ夕飯一緒にどうですか⁉　友達と約束してたんですけど、なんか来れなくなったみたいで」

またしても嘘をつく。

「いいわよぉ、もちろん。なにが食べたい？」

「えっとぉ……おいしいものならなんでも！」

歩き出した山石さんの左側に、わたしはスッとついて、彼女の早い歩調に合わせた。

これはいつもユキちゃんと並んで歩くとき、左に立っていた癖。

sketch

しずかちゃんの秘密の女ともだち

しずかちゃんには秘密がある。本当は、しずかちゃんは出木杉君より勉強ができる。このクラスでいちばん、いや、学年でいちばんかもしれない。だけどしずかちゃんは、クラス一の秀才である出木杉君を追い越さないよう、手加減しているのだった。

しずかちゃんは一度、出木杉君よりいい成績をとったことがある。担任の先生が、「いちばんは源静香くんです」と言ったとき、しずかちゃんはうれしいような、ちょっと恥ずかしいような気持ちがした。いちばんになるって、誇らしいけど、目立ちすぎて、なんだか照れる。みんなから一斉に注目を浴びると、顔がカッと熱くなった。先生から百点満点の答案用紙をうけとり、自分の席に戻る途中、しずかちゃんは教室中が変な空気になっているのに気づいた。

「出木杉ぃ〜、お前、しずかちゃんに負けたぞ！」

ジャイアンが大きな声で冷やかした。

「出木杉が女に負けた！　女に負けた！」

スネ夫が火に油を注ぐ。

しずかちゃんは、怖くて出木杉君の方を向けなかった。

「静粛に！　静粛に！」

先生が声を張り上げて注意したけど、みんなまだ騒いでいる。

しずかちゃんはすっかり小さくなって、悲しい気持ちでいっぱいで、席についた。

涙が溢れそうなのをこらえるのに必死だった。

いちばんになったのに、いじめられてるみたい。

のび太さんならこの気持ちをわかってくれるんじゃないかしらと、しずかちゃんは助けを求めるようにのび太の様子をちらりとうかがった。

「なぁんだ、出木杉君って頭がいいと思ってたけど、しずかちゃんの方が上だったのかぁ〜」

のび太の無神経なひとりごとが耳に入る。

しずかちゃんはますます小さくなってうつむいた。

恵まれた家庭で両親の愛情をたっぷり浴び、すくすく育ってきたしずかちゃんは、このとき、生まれてはじめて、傷ついたのだった。

それからというもの、しずかちゃんはテストのときに、こっそり手を抜くようになった。満点がとれそうなところ、二つ三つ答えを消して、提出するのだ。これでもう、いちばんになることはなかった。テストの時間、しずかちゃんは誰よりも先に解答欄をすべて埋めた。そしていくつかの答えをそっと消した。余った時間、しずかちゃんは教室を見回す。苦悶するのび太、カンニングしようと辺りをうかがうスネ夫、そのスネ夫に答えを教えろと目顔《めがお》で圧をかけるジャイアン、そして出木杉君。出木杉君はほかの男子に比べると大人だし、人一倍プライドが高いから態度には出さないけれど、答案用紙に向かう背中からは、しずかちゃんに対する闘争心がメラメラと燃えたぎっていた。

しずかちゃんは泣きながらドラえもんにすがった。

「ドラちゃん、どうしていちばんになっただけで、こんな気持ちを味わわなくちゃいけないの？　きっとあたしが女の子だからいけないのね。そうなんでしょ。わぁーんわぁーん」

しずかちゃんは小さな子どもみたいに、空に向かって人目もはばからずに泣いた。

ドラえもんは、いつもみんなといるときとは、ちょっと様子が違った。態度になんだか距離を感じる。

「うーん、ボクにはわからないよ。しずかちゃんの悩みを解決できる道具は持ってないんだ。そういうことはドラミに相談してくれないかな。ドラミのやつなら、きっと〈さかさまティアラ〉を持ってるはずだから」

「さかさまティアラ？」

「そう。ティアラの形をしていて、かぶると世界がさかさまになるんだ。男の子と女の子もさかさまになるから、しずかちゃんが出木杉君に勝っても、誰もなんとも思わないはずだよ」

しずかちゃんは言った。

「でも、そんな道具では解決しないいんじゃないかしら。だってあたしが生きていかなきゃいけないのは、この現実ですもの」

「それじゃあしょうがないね」

ドラえもんはあっさり言い捨てて、タケコプターでひょいと空へ飛びあがった。

「しずかちゃんも空き地においでよ。みんなで野球やってるよ」

しずかちゃんは道にぽつんと立ち尽くした。

しずかちゃんは野球なんかやりたくなかった。

一人になりたかった。

そして逃げ込むようにして行った学校の裏山で、あの子と出会った。

「あら、しずかちゃんじゃない」

「まあ、ジャイ子さん。どうしたの？　こんなところで」

しずかちゃんとジャイ子が二人きりで会うのは、これがはじめてだった。

「あたしはこのお花をスケッチしてるのよ。見て、しずかちゃん。このお花とってもきれいだと思わない？」

ジャイ子が指さした先には、うっかり見過ごしてしまいそうに小さな、白い花がぽつんと咲いていた。

「ほんとだわ、とってもきれい……」

しずかちゃんは、ジャイ子に言われなければ、この小さな花には気づかなかったと思った。それで、その気持ちを素直に話した。

「お花もとってもきれいだけど、このお花がきれいだと気がついたジャイ子さんの心や感性も、本当に素敵だと思うわ。それに絵も、とっても上手」

突然そんな賛辞を浴びて、ジャイ子は驚きのあまりかたまってしまった。それから、

「わぁーんわぁーん」

小さな子どもみたいに、空に向かって泣きじゃくったのだった。

「どうしたの⁉　ジャイ子さん、大丈夫？」

しずかちゃんはおろおろして言った。

「あ、あ、あたし、こんなに褒められたの、はじめて～。褒められたら、うれしくてうれしくて、涙が出てしまったの。しずかちゃん、ありがとう。これは悲しい涙じゃなくて、よろこびの涙なのぉー」

しずかちゃんは、オイオイ泣きじゃくるジャイ子を、ぎゅっと抱きしめた。

そして二人は、一緒になって、泣いたのだった。

こうしてしずかちゃんとジャイ子は、ともだちになった。ただのともだちじゃなくて、親友に。

けれど、それは二人だけの秘密だ。誰にも知られてはいけない、秘密のともだち。二人とも、自分の出番がないときは、こっそり裏山へやって来て、思う存分おしゃべりしたり、駆け回ったりして遊んだ。二人きりだと、誰にも気を遣わなくていい。木によじ登っても、「はしたない」なんて言われない。二人だと会話も冴えてるし、野球なんかよりもっと面白い遊びをあみだしたりできた。

「どうしてあたしたちが主役じゃないのかしらね、まったく」

ジャイ子は少女漫画の新作を描くたび、しずかちゃんに最初に見せた。しずかちゃんは率直な感想を言い、そして熱心に、ジャイ子の才能を褒め讃えた。

「ジャイ子さんなら絶対に絶対にプロの漫画家になれるわ！」

しずかちゃんは力を込めて言い切った。そうなってほしかったのだ。なぜならしずかちゃんは、自分の運命を知っていたから。のび太のお嫁さんになるしかない、自分の運命を。

しずかちゃんは、テストのとき、ちょっとだけ手を抜く。

しずかちゃんは、男子とばかりつるんでるという陰口を聞かなかったことにする。

しずかちゃんは、お風呂をのぞかれても本気で怒らない。

でも、あとでジャイ子に電話して、「のび太がまたのぞきやがった。あいつコロス！」とか言って発散してる。

けどそのことも、内緒だよ。

■この短編は漫画『ドラえもん』（藤子・F・不二雄 著）のアニメ版のキャラクター設定を使って、作家が想像を膨らませた二次創作です。原作者や作品の名誉・声望を害する意図はなく、あくまで今日的なジェンダー視点を取り入れた実験作としてお読みください。

サキちゃんのプリン

「千夏が最後になるなんてビックリだよね」

という無神経な言葉が裕美子の口から飛び出して、みんなが一瞬凍り付いた。

もう十五年のつき合いになる高校からの仲良し四人組。『SEX AND THE CITY』に喩えるなら、あたしは結婚願望の強いコンサバなシャーロットのポジションだっただけに、サキちゃんの結婚が決まってからの腫れ物扱いがハンパじゃない。

みんながあたしに気をつかっているのが見え見えの気まずいホームパーティで、裕美子がぽろっと口を滑らせてシーンとなったところで、明日香が抱っこしてる赤ちゃんがオギャーと盛大にぐずり出した。

……なんだこのカオス。

あたしは、もうこの友情は終わったぜと内心思いながら、お土産のプリンをもらって、一人さっさとアパートに帰った。

それまで料理なんてほとんどしたことなかったくせに、サキちゃんは結婚が決まって派遣の仕事を辞めてから、急にお菓子作りに凝りだした。

「結婚式のプランニングがこんなに忙しいなんて知らなかった！」

とか言ってたけど、やっぱ暇なんだ。

じゃないと人はプリンなんか焼かない。プリン焼くとかありえませんから！

アパートの外階段をカンカンカンと駆け上がり、鍵を開ける。

ごく普通の古びたモルタル造りだけど、そこはあたしの夢の部屋だ。

ずっと実家暮らしで窮屈な思いをしていたけれど、二十八歳のときに千葉の実家を飛び出し、遅い上京を果たした。千葉や埼玉あたりの微妙に首都圏の人間が、便利な親元をわざわざ離れて上京するのって、なかなか難しいことなのだ。

あたしは、一人暮らしをはじめたこの三年の間に、こつこつ好きなものを集めて作り上げた、この夢の部屋を眺める。ドアを開けると大好きなアロマの香りがふわっと漂い、それだけでイライラなんか吹き飛んでしまう。実家では猫を飼っているから、アロマは禁物だった。

鍵を閉め、しっかりチェーンをかけると、あたしは自分が三十一歳であることも、彼氏がいないことも忘れ、自分だけの王国のお姫さまになった気持ちで、クルクル回りださんばかりの心地になる。

畳敷きだった古臭い部屋を、あたしは全精力を注いで改装した。古びた椅子に小さな丸テーブル、ちょっとしたものを入れておくカゴやアンティークの帽子箱、食器も全部、そうやって厳選した。彼氏も欲しいし結婚もしたい、だけどそれより、あたしはずっとこんなふうに、一人で暮らしてみたかったのだ。

好きなものに囲まれた暮らしは、好きな人との暮らしにも勝るわ、なんて言ったら、

「ついに千夏がおかしくなった!」

と、みんなはあたし抜きのLINEのグループトークでこそこそ盛り上がるかもしれない。

みんなはあたしのことを、高校時代のまま、シャーロットタイプだと思っているから。でも本当のところ、あたしは全然、そんな子じゃない。

自分で買った素敵なお皿に、サキちゃんの手作りプリンをパコッと載せる。お皿を

テーブルに置いて、山の頂をほじくるようにして一口——。あたしの舌にそれはちょっと甘過ぎて、あわてて台所で濃いコーヒーを淹《い》れ、プリンの上から垂らした。そうしてまた一口。うん、これこれ、このくらい苦味も利いてなくちゃね。

みんなには悪いけど、あたしはすごく、贅沢なのだ。

自分のために時間をつかい、お金をつかう。それこそが本当の贅沢。

あたしは自由を噛みしめながら、

「結婚なんてしなーい」

大きな声でうそぶいた。この最高に甘い贅沢はやめられないのだ。

ボソボソしてて手作り感満載のサキちゃんのプリンは、素朴で、やさしくて、なんだか泣けてくる。

友情は終わったぜ、なんて前言は撤回して、彼女の結婚式には目一杯おしゃれして、祝福の気持ちで行くつもり。

気分よく自由でいるために服を着る　〜SATCに愛を込めて〜

六年に及んだ『SEX AND THE CITY』シリーズ全九十四話の中に、神回とも言うべき傑作エピソードは数あれど、どれか一つと言われれば、第四シーズンの第二話「素顔のままで」を迷わず挙げる。ファッションショーに出演することになったキャリー・ブラッドショーが、ランウェイですっ転び、ハイジ・クラムの長い脚に跨《また》がられるという屈辱的シーンが登場する、あの回だ。

「ファッション大好き!」と意気揚々としていたキャリーだが、ショーの準備をする中で、スタイル抜群のモデルとはほど遠い自分と向き合うことになる。決して美人とはいえない顔立ちに加え、サマンサ、ミランダ、シャーロットと並んでも一人だけ低い身長。それをカバーするためいつも〝上げ底〟しているキャリーは、「どんなハイヒールでも楽勝！　高ければ高いほど好き」と余裕の発言だが、それが仇《あだ》となって一世一代の大恥をかくことに……。

恋のキューピッドが見捨てた街ニューヨークで、真のロマンスを探す――それがキャリー・ブラッドショーの表向きの使命だが、同時に彼女はファッションのあくなき探求者でもある。バーニーズのそばに住み、一足四〇〇ドルは下らないマノロ・ブラニクの靴をマンションの頭金になるほど買い込んで、ときにはロベルト・カヴァリのトップスを捨てる捨てないで彼氏と大喧嘩。コスプレ一歩手前のチープなお遊びもあれば、見栄を張ってカード限度額ギリギリのドレスも買う。いかにも一筋縄ではいかない感じのカーリーヘアをトレードマークに、彼女は洋服でその日の気分を表現する。

〝ボロを着てれば心もボロだろ〟はたしか鈴木いづみの名言だが、女性の自信はその日着ているもので決まる。キャリーがパリで傷ついたとき、自分自身を取り戻すきっかけになったのが、彼女のシグネチャーともいえるネームプレートネックレスだったように、ファッションは彼女の自尊心を支える重要な要素だ。ハイブランドをこよなく愛しつつ、ヴィンテージショップで見つけた掘り出し物とミックスする独特の着こなしは、シーズンを追うごとによりスタイリッシュに進化していく。あれだけ年齢に対する憂鬱を語りながら、不思議なことに彼女のスタイリングは年をとるにつれ、より自由に、チャーミングになっていくのだ。

大勢の観客の前で派手に転んだキャリーが、立ち上がって胸を張り、再び歩き出す姿は、女性賛歌そのもの。完璧ではない自分を許し、受け入れること。キャリー・ブラッドショーはいつもファッションによって、その難題をクリアしていく。

essay

私たちはなぜオシャレをするんだろう

三十代になったばかりの頃はかなり戸惑った。好きだった服がどうにも似合わなくなり、クローゼットの見直しを一から迫られたのだ。いまの自分に折り合いをつけようと試行錯誤。なにが似合うのか、どんなファッションが好きだったのかもわからなくなって、ときには〝らしくない〟テイストにも挑戦したり。定番ものをそろえなきゃと焦って白いシャツや十センチヒールのパンプスを買ったりもしたけど、気づけばクローゼットにしまい込んだままになっている。年相応にちゃんとした人に見られたいという気持ちを優先して買ったものは、やっぱりどこか、しっくりこなかった。

発見したのは、自分らしいスタイルとは結局、いつも着てしまう服なのだということ。好きな色、ブランド、全身のバランスなどにも、人によってそれぞれ「これが落ち着く」というラインがある。つい買ってしまうアイテム、おなじみのシルエット。似たようなものを買ったあとは、またやってしまったとへこむし、別にいつも着てしまう服を最高だと思っているわけでもない。もっとオシャレになりたいという気持ちはある一方で、あんまり凝ったコーディネートをするとどうも気恥ずかしい。あれこれ試してみて、だんだんこう思うようになってきた。着ていて落ち着くいつもの服こそが、自分らしいスタイルなのだと。

私たちはなぜオシャレをするのか？

この場合のオシャレは、これでもかと着飾ることじゃなく、身支度の延長線上にある、普段着のオシャレだろう。武田百合子の『日日雑記』のなかに、こんな文がある。「口紅をさすと元気が出るのだ。口論になりそうな場所へ出かけなくてはならないときは勿論、交番や警察へ出かけていくときも、税務署へ行くときも、字を書くときも、口紅さしてからだ。」

オシャレとは一事が万事、こういうことだと思う。くしゃくしゃの髪、はげた口紅、納得のいっていないコーディネート、歩きづらい靴。そういう装いでは、どうにも胸をはって歩けないのだ。

三十代になり、オシャレは目的ではなくなった。オシャレは、日常生活で自分にちゃんと自信を持たせてくれる、頼りになる手段。自分らしさをちょうどよく表現できていれば、それだけで勇気りんりん。

外を歩くとき、うつむかずにすむようにしておくこと。気分よく出かけられる格好をすること。自信と平常心を与えてくれる装いをすること。だから私たちは、オシャレをせずには生きていけないのだ。誰かのためにではなく、自分のために。

ファッション狂の買い物メモ

彼女は休日に一人街へ出ると、ひとまずスターバックスに入って、呼吸を整える。計画もなしにいきなり街をさまよい歩いたりなんかしない。天気がよければテラスを選び、雨なら店内のソファに座り、ソファが空いてなければ外が見えるカウンターの席を確保して、その日の気分でオーダーする。この日彼女が選んだのは、ほどよく甘い、スイーツみたいなフラペチーノだ。チーズムースのクリームがたっぷりと小高く盛られている。

カップを受け取って席につき、バッグから一冊のノートを取り出す。春夏コレクションの雑誌の切り抜きを、スティックのりで貼ったりマスキングテープで留めたりしているから、ノートは波々になってちょっと膨らんでいる。彼女は自作のスクラップブックをめくりながらイメージを広げた。

私はどんな服が欲しいんだろう？

クローゼットにはなにが必要なんだろう？

手持ちの洋服とのコーディネートを、簡単なイラストでノートの端っこに描き込んだりする。

そうして彼女はプロのスタイリストになった気分で、自分を輝かせてくれる服を探す旅に出る。頭の中で街の地図をおさらいし、店を効率よくまわれる順番を確かめると、フラペチーノをチューッと飲み干し、トッピングのクッキービッツを奥歯でサクサク噛みしめた。

彼女はいよいよ街に出る。かすかな興奮状態でお店を次々まわる。新作が並ぶショーウィンドウに目を凝らし、ハンガーに掛かった洋服を一つ一つ検分し、心躍るものに出会うたび、手当たり次第に試着を繰り返す。パンツにシャツにスプリングコート。それだけだとなんだかさびしくて、大ぶりのコスチュームジュエリーを首元に足し、クラッチバッグを手にする。まだダメ。なんか足りない。彼女は、棚に埋もれていたスカーフを見つけると、それをターバンにして頭に巻いた。

試着室は己と向き合う孤独な空間だ。試着室の鏡に、贅肉はより醜く、毛穴はより大きく映る。顔色も悲惨。だけど彼女は、誰にも邪魔されず、こうやって自分とだけ向き合う、穏やかな孤独が好きだ。人と自分を比べるみみっちい性根を心の中から追い払って、ベラ・ハディッドになった気持ちで、鏡に向かってポーズをとる。店員さんが何度となく呼びに来ても、彼女はなかなか出てこない。ようやく出てきたと思ったら、「どうもありがと」と言って、なにも買わず店を去った。

彼女はその日、いろんなお店をはしごしたけど、結局なにも買わなかった。ただ試着室で、いろんなコーディネートを試しただけ。真のファッション狂である彼女は、買い物が大好きだ。だけど、買っても買っても満たされないってことを知ってる。

なにも買わなくても満たされるこんな遊びをする休日、彼女は春の庭をふわふわ飛びまわる蝶々になった気分で、都会の雑踏をすいすいかき分けてゆく。この罪深い資本主義経済から自由に羽ばたき、それを手玉に取ってみせる。

short story

あこがれ

ある程度の都会には、その街を代表する変な人がいるものだ。

変な人はすぐにわかる。まずはその見た目。彼らはみな、とにかく目につく突飛な格好でやたら街に繰り出す。彼らはおそらく毎日、休みなく街に繰り出している。だからその街に数回通えばたいてい遭遇することができて、その異様な出で立ちに思わず息を飲み、ああ、この人がこの街の主《ぬし》なんだなと思う。そして極力目を合わせないようにしてその場を通り過ぎる。

たとえば引っ越した先の街では、土地の神社にお参りして神様にあいさつするより先に、そんな変な人に出会う確率の方がはるかに高い。神社には自分から出向かなくてはいけないけれど、彼らはいつだって自分から姿を現すから。そして——ここが肝心なんだけど、彼らはその見た目ほどは危険じゃなくて、攻撃的でもなくて、ただそこにいるだけなのだ。

その街で彼女を一目見たとき、すぐに「この人だ！」と思った。この人が、この街の主だ。この街を代表する変な人だ。彼女は意外なことに若かった。日本髪に結い、黒襟をかけたしどけない着物姿。白粉《おしろい》のせいか顔が白浮きし、べったり塗った口紅は、鬼気迫る紅《あか》！

普通に着物を着ているだけでも人目を引いてしまう現代にあって、彼女の浮き方はちょっと別格だった。もう完全に「街の変な人」の域に達していた。わたしもなんの気なしに歩いていてはじめて彼女と遭遇したときは、思わずわが目を疑ったものだ。彼女はどこから見ても江戸時代の女だった。そのへんの若手女優が時代劇のときに付け焼刃で扮装するのとはわけが違った。

アパートに帰るとすぐさま検索し、彼女が何者なのか調べた。街の名前と、着物・江戸・日本髪・女・顔が白い・赤い口紅、などのキーワードを打ち込んだら、すぐにたくさんの目撃情報がヒットした。Yahoo!知恵袋には「K駅周辺に出没する着物姿の怪しい女性について教えて下さい」という質問まであった。

それに対するベストアンサーはこんな感じ。

たぶんそれは、着物ブロガーの多嘉子《たかこ》さんだと思います。わたしも以前K駅に住んでいたとき、よく見かけました。K駅にはアンティーク着物のお店があるので、それでよく出没されているんだと思います。多嘉子さんは着物ファンの間で有名で、着物関連のイベントにもよく来られていますよ。怪しい人ではなく、趣味に生きている人なので、そっとしておいてあげてくださいね。

多嘉子さんがブロガーだとわかるとちょっとがっかりしたけど（ネットとか知らないでいてほしかった）、わたしはその投稿に貼り付けてあったURLをクリックしてブログに飛び、愛読するようになった。多嘉子さんのブログをブックマークして、更新をいまかいまかと待ちわびた。

こういうことは前にもあった。ぐっとくるブログを発見して、徹夜する勢いで過去ログを遡り、むさぼり読む至福の一夜。こういうことはでも、ちょくちょくあるわけじゃない。この世はあまりにも、どうでもいいブログに溢れているから。本当に必要なブログは一つかせいぜい二つ。三つじゃちょっと多過ぎる。欲張り過ぎているか、自分を知らな過ぎるかだ。

わたしは多嘉子さんのブログにすっかり心酔した。多嘉子さんは和裁の達人で、手ぬぐいを縫い合わせて浴衣に仕立てたりはお手のもの。休みの日はあちこちの骨董市をめぐり、着物や焼き物をあさる充実した日々を送っている。

わたしは多嘉子さんの着物姿の画像を、宝物を集めるみたいにフォルダに保存した。たまにアップする部屋の様子も素晴らしかった。江戸時代の長屋みたいなインテリアなのだ。火鉢にあたっている多嘉子さんの写真は、さながら樋口一葉。多嘉子さんのうちには乳白色のガラス電灯が天井から吊るされているけど、「電気を使うとぞっとする」からと、夜は行灯《あんどん》に火を入れて、箱枕で寝ているという。それでいて火事に怯える多嘉子さん。行灯にともる和ろうそくの灯りを愛しながら、火事を恐れるという可愛らしい矛盾に、わたしはますます多嘉子さんのことを好きになる。

だから多嘉子さんのブログに自分が思わぬ形で登場したときは、かなりへこんだ。

今日いつものように街を歩き、団子屋で休憩していたら、女の人が素知らぬ顔であたくしのことを盗撮していきました。嘆かわしいことです。

きちんと話しかけてくれたら、それ相応の身支度をしてから、お寺とか神社の境内とか、もっと素敵な場所で撮ってちょうだいと言うのに、こともあろうに盗撮だなんて。きっとツイッター等にアップして、面白いもの見つけたとか書き込んで、ご自分の手柄みたいな顔をしているんでしょうね。変な女がいる（笑）……とかなんとか。

そうしていろんなものをバカにして、高みの見物をするんでしょうね。批評批評！　みなさんは眼高手低《がんこうしゅてい》って言葉をご存知かしら？　あなたもそんな退屈で窮屈なお洋服なんか脱ぎ捨てて、本当に好きな格好をして、好きなように生きてごらんなさいよ。

——そう思いながらあたくしは、いつも通り毅然と煎茶を啜っておりました。


ああ、わたしって、そんなふうに見えていたんだ。

たしかにわたしは多嘉子さんの写真を撮ってツイッターにアップした。けれど断じて、多嘉子さんのことをバカになんかしてない。「ルノアールにこの街の神が現れた。今日も最高に素敵だ。ブラボー！」、そう書いたのだ。

こんなふうに誤解されることはすごく悲しいけれど、なんだかもう慣れているから、それほどショックでもない。わたしは生まれつき目がつり上がって、眉がキリッと太く、骨太で、身長が日本人男性の標準と同じくらいある。そのせいで、人にはタフで自立していて気が強くて意地悪な女だと思われてきた。声も低く話し方もぶっきらぼうで、気持ちを伝えようといつもしゃべり過ぎてしまう。これまでつき合った男の人はみんな最終的にわたしのことを嫌いになって去っていった。知り合いはたくさんいるけど、心から気の合う友達はいない。誰と話していても、いつもなんだかしっくりこない。わたしはわたしの外見と、折り合いをつけることがほとんど不可能な気がしている。

街で多嘉子さんをめっきり見かけなくなったある日、久しぶりに更新されたブログに、衝撃的なことが書かれていた。

あたくしこのたび、ついに積年の夢を実現させました。西東京に見切りをつけて、隅田川の向こう側へ引っ越しました。そして深川に、アンティーク着物のお店をオープンさせます！

ああ、多嘉子さんはとめどなく進化していく。多嘉子さんはいよいよ、本気で生きるつもりなのだ。わたしは多嘉子さんの思い切りの良いマイウェイぶりに、またも心打たれた。多嘉子さんに迷いはない。多嘉子さんはブレない。

多嘉子さんのお店は『東京人』でも取り上げられ、着物雑誌にも載って、テレビのバラエティ番組にもオモシロ店主として登場して、順風満帆だった。多嘉子さんは全国のアンティーク着物マニアを魅了し、なにも知らず店に入った初心者にアンティーク着物の魅力を説いてその道に引きずり込み、着物姿で隅田川周辺を散策するイベントを企画して大当たりさせた。多嘉子さんはあの見かけで実はTOEIC八百点台の英会話力の持ち主で、日本文化に興味のある外国人向けのツアーもやっている。そのツアーの主催は墨田区だ。多嘉子さんはいつの間にか、自治体と仕事をするまでになっている。そしてある日テレビを点《つ》けると、Eテレで多嘉子さんが、磯田道史先生と対談していた。多嘉子さんの経歴を紹介するテロップは、「江戸時代愛好家。深川で着物店を営む。外国人向け江戸文化アドバイザーとしてイベント等を開催。2020年東京オリンピック組織委員会文化・教育委員を務める。尊敬する人は杉浦日向子」という大変立派なものだった。

わたしが多嘉子さんをウォッチしはじめてからわずか三年。三年で、多嘉子さんは街の変な人から、誰もが認めるその道のプロに出世していた。

一方わたしはなにも変わらない。

三年前と同じ街の同じ部屋に住み、同じパソコンで多嘉子さんの動向をチェックして、三年前と同じコーディネートで同じ会社に通っている。新しい彼氏ナシ、新しい友達もナシ。

わたしはついに、多嘉子さんの主催するイベントに参加してみることにした。好きなブロガーさんのイベントに行くなんて、人によっては簡単なことかもしれない。ネットやってる人って信じられないくらいフットワーク軽いから。でもわたし的には、多嘉子さんと直接会うなんて畏《おそ》れ多すぎる。多嘉子さんのブログをジト目でチェックするわたしは、ほとんどストーカーといってもいいくらいの怪しい存在だと自分でも思っているし、それに実際、多嘉子さんを盗撮して迷惑をかけてもいるわけだし。多嘉子さんが好き過ぎて、あこがれ過ぎて一回嫌いにもなったし、でもまた再評価して追いかけたりして、なんかもうめちゃくちゃだった。

そうやって複雑にこんがらがりながら、一念発起してイベント参加申し込みのメールを送った。返信が来て、予約完了。重い腰を上げてみればなにもかもスムーズに進んで、わたしはなーんだと思った。この世界をせせこましくしていたのは自分で、本当はいつでも扉はオープンなんだ。

多嘉子さんのお店に集合し、着物を選んで着付けを教わり、着物姿になって清澄庭《きよすみ》園を散策して写真撮影する段取りで、わたしは約二年ぶりに多嘉子さんその人と対面した。多嘉子さんは、K駅前で見かけたときよりもさらに自信に溢れた顔で、きびきびと立ち働いていた。わたしの身長ではアンティーク着物はどれも寸足らずだけど、多嘉子さんは「そんなの気にしないでいいの」と、おはしょりをとらず対丈《ついたけ》で堂々と着ていいんだと説いた。

「江戸時代の人は普段着として着物を着ていたので、かっちり着付けるのは粋じゃないんです。ほら、こうやってがっつり股《また》割りして、衿もがばっと抜いて、思い切って着崩すのがコツです」

と言いながら、ガニ股でスクワットして笑いを取る多嘉子さん。

二枚歯下駄を履いて散策し、カフェ（多嘉子さんは団子屋と呼ぶ）でひと休み。お茶を飲みながらいろんな人とその場限りの会話をして、すっかりいい気分になった。それでわたしは思わずノリで、あのときの盗撮の犯人はわたしですと多嘉子さんに告白した。ずっとわたしの心を重くしていた出来事だったから、なんとしても謝らなくちゃと思ったのだ。

「でも決して、変なツイートじゃないんです！」

そう必死に訴えたら、多嘉子さんもほかの参加者もみんな、「そんなことといいのに～」と微笑ましい感じで流してくれた。多嘉子さんは「よくあることだから、気にしてないわよ」と言ってくれた。「でもやっぱりちょっとムカッときて、怒った書き方をしてごめんなさいね」とも。

ああ、わざわざここまで来た甲斐があったと胸をなでおろした、まさに次の瞬間だった。

明治時代からタイムスリップしてきたような、維新後の大久保利通みたいな男性が駆け込んできた。洋装に立派な髭のその男の人は、遅れてごめんと言って多嘉子さんのとなりの席にどさっと座った。

誰？

みんながそう思っているのを察して、多嘉子さんは「わたしの主人です」と、ちょっとはにかみながら彼を紹介した。夫であり、お店に出資したオーナーでもあるという。

え？　多嘉子さん結婚してたの？

ざわっとどよめいたあと、イベント参加者はみんな、祝福ムードになった。

「素敵です！」

「あこがれます！」

みんな、江戸時代に生きてる多嘉子さんと、幕末志士の生き残りのカップルを、きゃあきゃあ讃えている。

けれどわたしは――わたしだけは、なんだかひどく、がっかりしていた。

江戸時代を終わらせた奴じゃん。

どっちかっつうと敵じゃん。

よりによってなんでだよ多嘉子さん……。

随分勝手な言い分だけど、わたしは、多嘉子さんには、もっともっと、孤独でいてほしかった。孤高を貫いてほしかった。闘っていてほしかった。

なーんだ、この人、守られてたのか。多嘉子さんを特別な存在たらしめていたオーラが、掃除機で吸われたように消えてなくなってしまった。多嘉子さんに抱いていた夢が、一瞬でしぼんでしまった。誰かの奥さんだったなんて、なんだかがっかり。

悪いけど、独り身じゃない人とは、どうしても共有できないものってある。わたしに言わせれば、結婚という選択をした時点で、彼女は世間におもねり、楽な道を選んだのだ。どんな奇抜な格好をしてても、そうなのだ。

わたしは一人、このサークルの人々とは無関係ですみたいな顔でコーヒーを啜りながら、早くこの茶会終わんないかな〜と思っていた。早くこのチクチクする着物を脱いでしまいたいと思っていた。自分一人の部屋に帰って、模様替えでもしたい気分だった。もうパソコンを開いて、多嘉子さんの動向に振り回されたりしない。もう多嘉子さんのブログは読まない。

そうしてわたしはやっと、多嘉子さんから自由になれた。

essay

自分をひたすら楽しむの

自宅でパソコンに向かい、ものを書く仕事をしているせいか、季節の変化にものすごく鈍い。通勤しない生活は本望だったはずだけど、たまに外出したときに街路の花がいきなり満開だったりするのはかなりショックだ。

気温は行きつ戻りつしながらグラデーションで変わっていくものだし、「暦の上では」と言われたところで、季節が変わったんだなあという実感はいまいち薄い。けれど、街ゆく人の服装を見ればはっきりとわかる。いちばん目を引く、なんだか輝いて見える人の服装は、きまって季節をちょっぴり先取りしているのだ。

それは春にもっとも顕著だ。四月一日なんて、その日の朝みんなの家に電話連絡が回ったのかと思うほど、街にスプリングコートが一斉に溢れる。トレンドの服はひときわキラキラしているから、すぐに〝おニュー〟だとわかる。きっとまだ肌寒い頃に買って、早く着たくてうずうずしてたんだろう。居ても立ってもいられず着ちゃいました！　みたいな心意気を感じて気持ちがいい。そしてこう気づくのだった。季節の移り変わりにさらなる喜びを与えるのは、着るものなんだなぁと。

次に来る季節の花をちょっとだけ先取りして着る、というのは着物の基本ルールだけど、ショップの店先でも、やはりお洋服は少し先の季節のものを見ているときがいちばん楽しい。実用一点張りではなく、そこにはほのかな希望がある。次の季節はわたし、このくらいおしゃれなものを着こなせている……よね？　という、自分への淡い期待である。

ファッションは、実は「楽しむ」のが案外難しくて、どういうスタンスを取るべきか、なかなか腹が決まらない。無難にシンプル一辺倒でも物足りないし、毎シーズン流行りのシルエットを取り入れるのもちょっと気恥ずかしい。いっそ「わたしおしゃれに興味ありませんから」と居直れたら、どれだけラクかとも思う。

先日、長年に及ぶその逡巡《しゅんじゅん》に、答えを出してくれる言葉に出会った。

六十代以上を対象にした写真集から誕生したドキュメンタリー映画『アドバンス

ト・スタイル　そのファッションが、人生』の中で、オレンジ色のつけまつげをした当時九十三歳の画家の女性が、海辺でなにげなく口にした、こんな言葉である。

〝なにかを主張することも、人目を気にすることもなく、年老いた自分をひたすら楽しむの〟

その言葉のすべてが美しいと思った。

人は年をとるし、似合うものも変わる。春夏秋冬を何十回とくり返して、らせん状に年を重ねていく。どの瞬間ももちろん一度きり。いまの自分は——それがどんなに気に入らない自分であれ——いまだけのものなのだ。

だから、そのときそのときの自分を、ちゃんと楽しまなくては。

そのときそのときの季節を、目いっぱい楽しむみたいに。

なにかを主張することも、人目を気にすることもなく。

ママが教えてくれたこと

〝自分へのご褒美〟という言葉をはじめて聞いたのは高校生のときだ。

ママは家事を終えてダイニングテーブルにつき、紅茶を飲みながらジュエリーのカタログを穴が開くほど見つめ、弾む声でこう言った。

「あなたが高校を卒業したら、この指輪を買おうと思ってるの」

「え、あたしにくれるの？」

「バカ、そんなわけないでしょ。これはママが〝自分へのご褒美〟に買うのよ」

——自分へのご褒美？

あたしは首を傾げた。だって親が子どもを育てるのは当たり前で、別に褒められるようなことじゃないと思ってたから。いま思えばその指輪は、一人娘であるあたしの子育てを終えた、ママ自身への労《ねぎら》いと祝福だったわけだ。

でもそのときは全然ピンとこなくて、「ふうーん。パパに買ってもらえばいいのに」なんて生意気に言ってしまった。

するとママはティーカップを持ちながら、微笑んでこう言ったのだった。

「自分で買うからいいんじゃない」

素敵なご褒美を用意してモチベーションをキープするのは、ママ流の知恵なのだ。

ママは自分の欲しいものをちゃんとわかっていて、地道にコツコツ努力することを楽しめるタイプ。百貨店のハンカチ売場の店員からスタートしたママは、約三十年の時を経て、ついに念願だったリビング雑貨バイヤーの座にたどり着いた。外国語の勉強をつづけ、センスと審美眼を磨き、たとえ目先の仕事がつまらなくても腐らず前向きに、毎日を積み重ねていった。

「目標と一緒にご褒美を用意すればいいのよ。そしたらなんだって苦じゃないわ」

あたしは小さな頃から服が好きで、将来の夢はアパレルのプレスと決めていた。どうすればプレスになれるのか調べ尽くし、販売のアルバイトから入ったあたしは二十代を、あちこちの店舗を異動して過ごした。

接客の仕事は大好きだけど、毎日が同じように過ぎていくルーティンワークの日々は先が見えなくて、体力的にも精神的にもキツい。正社員登用され店長に抜擢されたときはうれしかったけど、本社に行ける保証はどこにもなかった。店頭に立ち、お客様に笑顔を振りまきながらも、くじけそうになることはしょっちゅうだった。

ママに倣って毎月のお給料から〝ご褒美貯金〟をはじめたのは、そんな頃だ。いつかプレスになれた日には、ダイヤのリングを買おうと密かに計画を立てた。

その計画は不思議な力を発揮した。自分の指にダイヤモンドが光る日のことを考えると、背筋がシャンと伸びて、疲れもどこかへ吹き飛ぶのだ。

本社から声がかかり、ついにプレスを任されるようになったいま、意外にも地味で体力勝負な仕事に戸惑うことも多い。けど、指に光るリングを見るたび、この仕事に憧れて、ひたむきだった二十代の自分を思い出した。するとむくむく力が湧いた。

ママの言ってた〝ご褒美〟の効力は、永遠につづくと、あたしは信じてる。

われらのパリジェンヌ

約束の日が近づくと、彼女はきまって憂鬱になった。もう集まっても意味のない三人組であることは明らかなのに、いつの間にか定例化したそのランチ会は漫然と続けられ、ワンシーズンに一回は必ず顔を合わせている。彼女に言わせればこんな集まりは年に一度、いや、三年に一度で充分だった。会ったところでSNSに上がっているのと同じ近況を、本人の口から改めて聞くだけなのだから。

それでも彼女はランチ会に誘われれば、待ってましたとばかりに嬉しそうなメッセージを送って参加の意を表し、心証を良くするようにつとめた。本当は彼女だって自分に正直に生きたいと思っている。いつの日か、「こんな欺瞞《ぎまん》に満ちた集まりは時間のムダ、もうやめにしましょう！」とかっこよく啖呵《たんか》を切りたいと思いながら、ついつい下手《したて》に出る癖が直らなかった。小学校から大学までともに過ごした女友達との力関係は、卒業して何年経とうが変わらないものなのだ。ランチ会のメンバーのうち、一人はお店を選ぶ係、もう一人は主な話題の提供者にして司会者、そして彼女自身は、一分間に百回は相槌を打つ、熱心な聞き役に甘んじていた。

その日店に集った三人は洗練された手順で、お互いの容姿の褒め合い、店の第一印象、メニュー拝見、オーダー、手みやげ交換、近況報告（SNSダブリ）、いつもの愚痴（ここでしか聞けない内容アリ）、最近欲しいと思っているもの（情報交換）、相変わらずの悩み（思春期に入った子供とのつき合い方）、滲み出る自慢（それでも可愛いわが子）などを経て、料理が出されるころには、話題はわれらのパリジェンヌへと移っていた。

「そういえばヨーコ、アパルトマン移ったんだってね」

「見た見た。ボーイフレンドと別れて、ずっと部屋探してたんでしょ？」

「ええ、それでやっと見つかったんだけど、二十歳くらいの子とルームシェアなんですって」

「嘘でしょ？　娘でもおかしくないような年じゃない」

「そうなのよ。ルームメイトの子がね、部屋にテイラー・スウィフトだかなんだかって歌手のポスター貼ってて、その前で二人で撮った写真がフェイスブックにアップされてたんだけど、あたしもう笑い転げちゃった」

「あははは！　なんでそんな写真フェイスブックに載せるのよぉ～」

「でしょぉ～もう可笑しくって。あたしなら絶対無理だわ。二十歳の子と一緒に住むなんて、体力的にも精神的にも無理無理無理ぃ」

二人は意気揚々と、ヨーコをネタに笑いつづけた。

ヨーコは高校時代の同級生で、クラス随一の変わり者として名高い。根っからのフランス好きで、エルベシャプリエのリュックにアニエスベーのスナップボタンカーディガンを羽織り、ベレー帽をかぶっていたヨーコは、エスカレーター式であがれる女子大に、クラスで一人だけ進まなかった。「これ以上こんな学校に通いたくないよ」と言って、颯爽とパリに留学したのだ。

最初のうち、ヨーコは羨望の的ですらあった。彼女の選択はとてもクールだった。パリでファッション関係の仕事に就きたいという彼女の夢をみんなも応援していた。あのころは誰だってフランスに憧れていたし、夢見がちな女の子の淡い望みくらい、いくらでも叶えられそうな時代だったのだ。

そのころはこの集まりだって、ヨーコの夢に負けず劣らず輝いていた。三人それぞれが意気揚々と社会に飛び出し、洒落たレストランや美味しい食事に胸をわくわくさせ、話したいことは山積みで、しかもどれも実のあるテーマだった。三人は若く素直で、まだ恋人もおらず、何者にだってなれそうな気がしていた。

けれど月日が流れ、結婚して子供をもつ身となってからは、すっかり一段高いところからものごとを眺めるようになっている。自覚はないが充分に独善的で、もの言いは断定的になり、見栄っ張りになっている。自分たちの世界を脅かすような存在を脅威に感じて毛嫌いし、こうして旧友と集まっては真のメインディッシュである悪口と嘲笑で、心の均衡を保つような女になっている。

「でもほんと、なにがしたいのかしらね、ヨーコって」

「そもそも、どうやって生活してるわけ？」

「いろんなことに手を出してるみたいよね」

一人がスマホを取り出し、わざわざヨーコのフェイスブックを確認した。

「コーディネーター、買い付け代行ってこれ、ＢＵＹＭＡのこと？　あとは日本語教師、オーダーメイドのバブーシュカ制作販売……」

「バブーシュカってなんだっけ？」

「ほら、あれよ。ロシアのおばあちゃんがつけてるみたいな、三角巾」

「三角巾？　売れなさそ〜」と大笑いだ。

「こんなので本当に生きていけるの？　あんな物価の高いところで」

「あたしもずっと気になってた！　フェイスブックにはそういう肝心なところを書いてくれないのよね。そういうところが知りたいのに」

「きっと親に援助してもらってるのよ。あそこのうち、けっこう資産家でしょう？」

「へぇー。気楽なもんね」

「あたしだったらさっさと外国人の旦那見つけるな。そうしないと永住権取れないじゃない」

「そういうテレビ番組あるわよね？　外国人と結婚して、海外で暮らしてる日本人妻を取材してるやつ」

「見たことある！　ああいうの見てると思うわよね、やっぱりどこの国にいようと、結婚しないと格好がつかないものなんだなぁーって」

「そりゃそうよ、二十代ならまだしも、四十過ぎて外国で夢追いかけてますだけじゃ、誰も取材に来ないわよ」

サラダをフォークでかき混ぜながら、意地の悪い笑いがこだました。

熟練の聞き役である彼女もうなずくのを忘れてしまうほど、ここ数年はこんな話ばかりだ。けれど彼女が見たところ、この店のどのテーブルにいる女性グループもみんなそんな調子で、そこにいない誰かをそれとなくこき下ろして、話を弾ませているに違いなさそうだ。

「あ、来た来た」

美しく盛りつけられたジビエ料理の皿が運ばれてくるなり、二人は一斉にスマホを構えて写真を撮りはじめる。

「美味しそー」

「あーんきれいに撮れない」

ナイフとフォークを構えながら、いまかいまかと食べはじめるタイミングをうかがっている彼女は、内心こう思っていた。

いつかこの窮屈なサークルから飛び出して、わたしもヨーコのように、悪口を言われる側に回りたいと。こんなので生きていけるの？　と眉をひそめられるような暮らしを送ってみたいと。どうしたって人生を踏み外せない常識人である彼女は、決心がつかないままこの場にとどまりつづけているけれど、なにかに憧れたり、何者かになりたいと思う気持ちだけは、いまだに燻《くすぶ》っている。それで居ても立ってもいられず、しかしなにをしたらいいかもわからず、ときどきサンマルクカフェで一心不乱に英語の勉強に励んだりした。

受ける批評が手厳しいものであれ、誰からもなにも言われない人生なんてつまらない。外国に飛び出した女の子たちの行き着く先がみんな結婚だなんてやるせない。ヨーコやヨーコのようなバッドガールたちは、その身をもって証明しつづけているのだ。この世界に、真の自由が存在することを。十代の少女が夢見たような世界は実在するってことを。夢を追いかけた先に、なにかをつかむことはできるんだってことを。

三人はこの二十年、季節ごとに集まっては、ヨーコのことを語りつづけた。そうして、自分たちにはこれといってやりたいことも、ましてや夢なんてものもないことを自覚させられていった。三人はヨーコの人生というドラマの観客でありつづけたけれど、きっとヨーコは二十年の間、この三人のことを思い出したことなどないだろう。

一瞬たりとも。顔や名前を憶えているかも疑わしかった。だから年四回、のべ八十回以上のランチを通して、何度も何度も自分が俎上《そじょう》に載せられているなんて、ヨーコにしてみればちょっとしたホラーである。

三時間弱かけたランチもそろそろ終盤。話題は芸能ゴシップに移り、食後のコーヒーをいただくころには、さすがに話すことも尽きている。

「あたしこのあと、デパ地下で買い物していくけど」

「一緒に行こうかしら。夕飯のお惣菜買いたいし」

「行く？」

と訊かれて、聞き役の彼女は首を横に振った。

「そう。じゃあまた。夏にでもね」

次に会ったときもまた、徒労感いっぱいで帰路につくことは間違いない。さて、彼女は次の誘いを、うまく断れるだろうか。

二〇一五年十一月にパリでテロが起こったとき、ヨーコのフェイスブックにはコメントが殺到した。普段こっそりヨーコの動向をチェックしていた同級生たちがみな、

「パリにいるあたしの友達、大丈夫だったかなあ」とばかり、いささか自己アピールが匂うコメントをつけたのだ。例のランチ会の二人ももちろんいの一番に、哀悼の意とともに、ヨーコを案じている旨を書き込んでいた。

SNSにどっぷりじゃないヨーコからのコメントバックは全然なく、数カ月後にこんなメッセージが、さらっと掲げられていた。

〈メルシー！　あたしもパリも元気だよ。ケ・セラ・セラ〜♪〉

ああ、それでこそわれらがパリジェンヌ。

彼女はパソコンの前で、ひそかに喝采を送った。

ある時代に、ある夢を見た女の子の、その後

結婚なんて微塵も考えたことがなかった。二十代のある時期までは本当にそうだった。好きな映画を観たり音楽を聴いたりするのに忙しく、自分にはなにができるのかとか、なにがしたいのかといった、夢や自己実現の方にばかり気を取られていた。男の子とつき合うことはあっても、結婚をリアルに意識したことはなかったし、それが普通なんだと信じて疑わなかった。

ところが二十五歳を過ぎたころから、気がつけばまわりがぽつぽつ結婚していき、取り残された感じを味わうようになった。友達とのおしゃべりでも、結婚した同級生の話題がちょこちょこ登場するけど、未婚の自分たちにすれば早々と結婚していく同年代の子たちは、裏切り者とまではいかずとも、「理解不能」といった存在。そっか、

あの子たち、ちゃんと結婚願望があったんだなぁと、そこではじめて知るくらい。おめでたいというか浮ついているというか、本当に結婚に対して無自覚だし、無防備だった。そして二十代も後半になるとようやく目が覚めて、突如みっともないくらい焦りはじめた。これは、自分の話。

映画『グッド・ストライプス』の主人公・緑は、古着を組み合わせたゆるい格好で、髪型はぱっつん前髪のおかっぱ。亀を飼い、腕にはタトゥーらしきものも入っているし、仲の良い友達はバンドをやっていて、気ままなバイト暮らし。ああ、その細部という細部から立ち昇る、サブカル臭の懐かしさ。

大雑把な分け方をすると、サブカルに罹患《りかん》していない女の子たちは、大人になるのがやたら早い。別にサブカルじゃなくて、これを〝主体性〟と言い換えてもいいかもしれない。そして主体性を持った女の子は、二十代後半で必ずつまずく。それまでは自由に生きてこれたし、それが様になってもいたけれど、年齢的に生き方や趣味が、どうも「イタい」と思われるようになるのだ。ただでさえサブカル系は、男女を問わず社会と折り合いをつけるのが難しい。多くは居心地の悪い地元を離れて東京を目指し、一から自分の人生を切り拓く道を選ぶ。漠然とした夢と、ゆるやかな挫折。すっかり東京暮らしが板についている緑にも、そんな上京物語があったはずだ。

そのことを、彼氏の真生《まお》はこれまで知らなかったようだ。都会育ちののん気な坊っちゃんである彼に、わざわざ言うことでもなかったんだろう。一方、まるで人種の違う緑の姉は、洋楽ロックにハマって金髪に染め、唇にピアスを開けて東京に行った妹を完全にせせら笑って、真生に黒歴史をバラすという悪行を……。

サブカルはみな悲しい。田舎の圧倒的な普通さの前では、都会的な趣味やセンスはあまりに無力だ。真生の友達の（普通の）サラリーマンの前に晒された緑の、いたたまれなさは泣ける。こっちの価値観は、あっちの世界ではまるで通用しない。サブカル女子の青春の後半戦は、社会との摩擦で息も絶え絶え——。

個人的な見方で恐縮だが、この映画はそんな文化系女子たちへの、レクイエムのように思えた。好き勝手にのびのび生きてきた彼女たちも、ある年齢に達すれば、多くが結婚や妊娠出産を経て、別のステージに移行していく。ひとつの時代のある青春が、いよいよ終わったんだなぁという感慨がある。映画は、あれほど仲の良かった緑と親友の裕子が、気まずくなってしまう瞬間も描いている。裕子はバンドをつづけており、次のステージに行こうとしている緑に、以前のように接することができない。女の友情は立場や環境の変化で、少なからず変わっていくものだ。ずっと『週刊少年ジャンプ』を読みつづける男子と違って、漫画雑誌ひとつとっても女子はどんどん卒業を繰り返していく。だからおもしろいのだけど、だから辛いこともたくさんある。

緑と真生は最初、妊娠がなければこのままフェードアウトして別れていたかもしれないような倦怠期カップルだった。妊娠が発覚するなり、運命を受け入れ、のらりくらりと人生のコマを先へ進める二人。もし妊娠などしておらず、このタイミングで真生と別れていたら、緑は突然足元がぐらついて、いきなり婚活に励む「普通の女」に成り下がっていたかもしれない。心は気高いサブカル娘のまま、自然な成り行きで結婚にたどり着けた彼女は幸せだ。

緑は両親への挨拶かたがた、真生とともに久々に帰郷する。トガった若者をヘナヘナと萎えさせる、実家という世界。若き日の緑が毛嫌いしたであろうもの、すべてを象徴しているような場所だ。平凡で、凡庸な、そこは「普通の」世界。これからの二人の前には、普通の人生が広がっている。そして普通は素晴らしい。緑はそこへ、飛び込む準備ができたようだ。

女の子の名前はみんなキャリー・ホワイトっていうの

振り返るに、思春期がはじまったのはジャスト中二のときで、ようやく「なんかやっと終わった気がする」と思ったのが二十五歳くらいのときだった。足かけ十年ちょっとの長きにわたってどっぷり思春期ライフを送ってしまった。なんでもかんでも社会のせいにするわけじゃないけど、大学卒業後スムーズに社会に出られなかった就職氷河期世代には、この手のタイプはけっこう多かった気がする。モラトリアム期間が延長したことで、心の成長も足踏みしてしまったのだ。

ちょうどわたしが思春期から足を洗った二〇〇五年頃から、「中二病」というネットスラングが一般に浸透しはじめた。思春期というものの本質を見事に言い表しているけれど、その言葉の登場によって、自分がそれまで思春期に抱いていたイメージが、どこか矮小化されてしまったように感じたのを憶えている。気の利きすぎた新しい言葉が、ベールに包まれていたものごとを顕在化させすぎることはよくあるし、それによって自分の思春期をメタ視点で見る中学生なんかが出たらヤダなと思ったのだ。だってわたしは思春期が間抜けなものだと一ミリも気づかずに、一生懸命もがいて、卒業するのに十年もかかったんだから……。

しかし正確には、中二病という言葉は男子のものだ。そこで定義されている内容に、女子の思春期の症状はあまり含まれていない。背伸びしたり自己愛にこんがらがったりする部分はもちろん男女共通だけど、女の子ならではの思春期のぐちゃぐちゃしたニュアンスはすっぽり抜け落ちている。男子の場合どんなに悲惨でも、「中学の時イケてないグループに属していた芸人（@アメトーーク！）」のように、後年おおかたは笑い話に昇華できる。しかし女子の思春期はもっとシリアスで痛々しい。

さて、十年も思春期をこじらせた可哀想なわたしのことだから、スティーブン・キング原作、青春ホラーの傑作『キャリー』はベストムービー確定かというとそうでもなくて、デ・パルマ版を観たときも、スゴいと思ったものの、自分の姿をキャリーに重ね合わせることはできなかった。はみ出し者（わたし）といじめられっ子（キャリー）の差は案外大きいのかもしれないし、あれほど自称「辛かった」思春期も、キャリーの味わった地獄とはケタ違いである。クロエ・グレース・モレッツが暴れるリメイク版でも、ただただ唖然として彼女の暴走を眺めた。

感情を抑圧してきた少女が超能力を手にしたことで怒りを爆発させ、街を火の海にする。こんな胸のすくストーリーはないはずなのに、相変わらず余韻は陰々滅々。しかし今作ではエンドロールに、意外なほど甘くポップな女性ボーカルの楽曲がかかることから、「わかってやってるんですよ」といった「中二病」のメタ視点に通じる目配せのようなものを感じた。オリジナルから三十七年を経たいま、アメリカでは映画『キャリー』のプロットは基礎教養みたいなものだろうし、それをクソ真面目にやったところで、テン年代の若者にハマるとも思えない。主演がクロエ〝ヒット・ガール〟モレッツであるところが見所のすべてで、現代的なアレンジはお留守になってるな、というのが正直な感想だった。

ところで奇遇にも、今年（二〇一三年）日本公開された、同じ超能力をテーマにした青春映画が、圧倒的な支持を得ていた。『クロニクル』は、陰気な少年が超能力（邪気眼？）を得たことで、友達と二人、一風変わった青春を謳歌する。女子のスカートをめくったり、ショッピングモールでイタズラしたり、空を飛んだり、そして最後は『AKIRA』よろしく街を破壊。主人公には、暴走を全力で止めてくれるいい友達もいた。

それに比べるとキャリーの孤独は、なんと深く悲しいのだろう。『クロニクル』に比べて『キャリー』のこの救いのなさは、一体どういうことだろう。空を飛ぶ少年に対し、地中に埋もれて消える『キャリー』のラストは、とても象徴的だ。自傷行為に走るほとんどが少女であるように、女の子はもって行き場のない気持ちを、内へ内へと向けてしまう。

『キャリー』をアメリカのシネコンで観た十代の観客は、要所要所の盛り上がり所で指笛を鳴らしてはやし立てているのかもしれない。しかしある種の少女は映画館の隅っこで、いやむしろ映画館はアウェーすぎて行くこともできず、家で違法ダウンロードでもして、キャリーと完璧に一体化して、入り込んで観ているのかも。リメイク版『キャリー』は、後者のような子たちのためのものだ。自分の憤りを内へ向けて消えてしまいたくなっている少女を、現世に繋ぎ止める効力のある映画。わたしもそういう映画に助けられて、思春期をサバイブした。

essay

高校の先生に頼まれて書いた、後輩たちへのメッセージ

わたしがこの高校を卒業したのは一九九九年。それから十三年が経って、わたしは小説を書いてはじめての本を出し、作家としてのスタートラインに立っています。

高校を卒業してから十三年も経っているのに、まだスタート地点です。

高校生のころはレンタルビデオ屋に通い詰めて、映画ばかり観ていました。ビデオを借りては夜更かしして、おかげで毎朝起きるのが辛くて、死ぬほど不機嫌な顔で学校に行ってました。なんであんなに映画ばっかり観ていたのかなぁと考えると、毎日がつまらなかったからだと思います。地元は行くところもないし、やることもないし。勉強しなきゃな~と思いつつ、あんまりしませんでした。でも、ビデオデッキで映画を再生すれば、それなりに面白い世界が広がっていて、いろんな人の、いろんな人生

を垣間見ることができました。毎日学校に行かなきゃいけないのも嫌だし、日中ずっと学校に閉じ込められるのも嫌でした。教室の窓から外を眺めて、「早く家に帰って映画でも観たい」とずっと思っていました。

幸いなことにその夢は叶って、いまは昼近くに起きて、おうちの中でパソコンに向かって執筆し、好きな時間に映画館へ行けるようになりました。ストレスもゼロの気楽な生活です。でもそうなるまでに、すごく時間がかかりました。いろんな人にたくさんの心配と迷惑をかけて、自分のわがままを貫き通したのです。

夢を追いかけるのはリスキーな選択です。結果オーライで、いまはこうやって偉そうに語っていますが、この先どうなることやら……。それでも、「歌を歌いながらパンを得よ」とわたしは言います。つまり、楽しく働いて生きていこうってことです。

人生の前半は、できるだけ好きと思える仕事を探す旅です。わたしはその旅に、三十一年もかかりました。

毎日の授業、ダルいと思います。勉強、面倒くさいと思います。若さは重荷です。

でも、年を取るたびにその重荷は少しずつ減って、そのうち身軽になれるので、もうしばらくがんばってください！

short story

リバーズ・エッジ２０１８

あたしたちの住んでいる街には、河が流れている。いまはきれいに護岸工事されてるけど、昔はひどく澱《よど》んで、臭かったとママは言う。河口近くの地上げされたままの空き地にはセイタカアワダチソウが茂っていて、ママはそこで猫の死骸を見たことがあるそうだ。

転がっていたのは猫の死骸だけ？　人間の死体もあったりして、とあたしが言うと、ママは「そういうのは見たことないな」と料理をつづける。今日の夕飯は豚肉と白菜をミルフィーユ状に土鍋に詰めて、ほんだしをかけて煮ただけの簡単料理。あたしとママの中で小栗旬がアツかった時期に、彼がＣＭでやっていたレシピだ。

「なんだまた小栗旬のやつ？」あたしの心は、いまやすっかり菅田将暉のもの。

水垢がこびりついた対面式のシステムキッチン、カウンターに並ぶイケアで買ったスツール。人間工学的にありえない形をしていて、座り心地は最低。

ここに引っ越してきたとき、ママの再婚相手と三人でイケアに行った。

「ハルナちゃん、欲しいものなんでも買っていいからね」

小学生だったあたしは大喜びでイケアを走り回った。「わーい」とか言って子供っぽくふるまいながら、内心、「なんでも買っていいってイケアで言われても全然ありがたくねえわ」とか思っていた。でも、この再婚相手のおかげで、タワマンに住める。

ママが長きにわたる厳しい婚活を経て、ようやく見つけた再婚相手だ。あたしとママは一致団結して、そいつをちやほや「パパ」と呼んだ。六十歳近いのに初婚のそいつは、突然できた家族がうれしくて仕方ないらしく、結婚と同時にタワマンの下の方の階に2LDKの部屋を買った。タワマンは、エントランスだけ見せかけの高級感があるけど、内装はぺらっぺら。再婚相手がオプションをケチりまくったから、いまどき食洗機もついてない。そんな部屋にはイケアの家具がよく似合う。

それでも、まだ小学生でギリギリ子供だったあたしは、せーいっぱい無邪気に、タワマンに狂喜した。『タワマンの歌』という自作ソングまで歌って、上機嫌に走り回った。すねたりグレたりしない、面倒くさくない完璧な連れ子を演じた。

努力も虚しく三年で離婚して、あたしが元の名字に戻ったのは、中学卒業のころ。

「ハルナも大変だね」って、幼なじみのルミちんはねぎらってくれた。大丈夫、誰もあたしのこと名字で呼ばないから、佐藤だろうが小林だろうが関係ないんだ。

「でもタワマンいいなー。あたしも早く団地出たぁ〜い」

ルミちんはビューティープラスで自撮りしながら気だるく言った。

ママが猫の死骸を見たというセイタカアワダチソウが生い茂っていた場所に、数年前タワマンが建った。ひとり親家庭だったうちはずっと都営住宅に住んでいたから、タワマンはあこがれの的。シングルマザーが都営住宅を出てタワマンに住めるなんて大出世、普通は考えられないもん。すべてはママが美人だったおかげだ。

だけどそのタワマンに引っ越して、あたしは思った。あの都営住宅の方が、あたしは好きだな。あの古さと狭さを、あたしは愛していたんだ。好きなものって、失くしてみないとわからない。都営住宅のロマンに比べたら、タワマンなんて見た目だけだ。エレベーターホールに充満する白々しい空気なんて、ほんとバッカみたい。

でもいいの。離婚で慰謝料のかわりにタワマンの部屋が手に入ったけど、部屋以外はビタイチやらないと、イケアで買ったダイニングセットは元・再婚相手が持っていったから、うちにはテーブルも椅子もないけど。

テレビの前に土鍋を運んで、あたしとママはソファを背もたれにして横並びに座り、鍋をつつきながらタイムシフト録画した『月曜から夜ふかし』を見て爆笑する。マツコ・デラックスってほんと最高だわ。あたしは、ママとマツコがいれば生きていける。最高なものはほかにもいろいろある。Suchmos《サチモス》のヨンスとか。ママはSuchmosを聴くと、「九〇年代を思い出しちゃう〜」とか言ってリビングで踊る。去年の夏はチケットが取れてSuchmosのライブにも行った。あたしはライブなんてはじめてだから、なんだか現実という感じが全然しなかった。はじめて飛行機に乗ったときもそんなふうに思ったっけ。全然空を飛んでる気がしない、なにもかもドラマのセットみたいだって。

ライブ終演後の帰り道、ぽわーんと夢見心地に「現実感がなかった」と感想をこぼすと、ママは言った。

「ハルナくらいの年頃のときは、ママもそうだったな」

〝七歳までは神のうち〟って言うけど、きっと十七歳くらいまでの魂は、それとはまた別の場所、この世でもあの世でもない、変な場所にいるんだろうね。

山田くんとは同じクラスだけど、LINEでしか話さない。ハードにいじめられてる山田くんは、しょっちゅう裸にされてボコボコに殴られて、学校の使ってない教室とか、マンションの建設現場とかに監禁されてる。このごろはLINEでSOSしてきた山田くんを、あたしが救出しに行く仲だ。

ボコられて顔が腫れてる山田くんと一緒に、夜の橋を渡る。

「山田くん、彼女いるよね。田島カンナって子。その子に迎えに来てもらえば?」

山田くんはその質問には答えず、

「LINE、スルーしてもいいのに」と言う。

「だって山田くんのこと監禁してんの、あたしの彼氏だし」

「ふーん。男の尻ぬぐいさせられてるんだ」

山田くんの一言に、あたしはバツが悪い。

沈黙のあと、山田くんは言った。

「ボクの秘密の宝物、見たい?」

山田くんの秘密の宝物は、ショッピングモールの建設予定地にあった。

きれいな、女の人の死体。全裸で、首には絞められたあとがあって、眼球は白濁して、こっちを見てる。殺されるのはいつも女の人。季節は秋と冬のはざま。辺り一面の植物が枯れ、空はくすんで、風が冷たかった。

「きれいだね」

あたしは死体を見ながら言った。

「でしょ？」

山田くんはうれしそう。

「もうすぐ腐敗がはじまるんだろうな」

「腐敗？」

「うん。蛆《うじ》とかわいて、腐って、そして最後には、白骨になる。人が骨になったとこ、見たことある？」

あたしは首を横にふった。

「ボクは毎日ここに来て、彼女の経過を見守ってるんだ。きっとこれからどんどん腐っていくよ」

山田くんってば、声がわくわくしてる。

あたしは死体を見ながら、全然別のことを考えていた。

そのうちここに、ショッピングモールができる。そのショッピングモールがオープンするころには、あたしも結婚とかしちゃって、赤ちゃんとか産んで、その子をベビーカーに乗せて、木製の知育玩具とかを買いに来たりするんだろうか。そんでベビーカーを押しながら、「そういえばここが空き地だったとき、女の人の死体を見たなきれいだったな」とか、思い出すんだろうか。


その翌週、山田くんの秘密の宝物は、腐敗が進む前にあっさり見つかり、撤去されてしまった。あたしと山田くんのあとをつけてきた田島カンナが死体の写真を撮って、ツイッターに上げてしまったのだ。すぐに拡散されて大騒ぎになって、警察が来て、死体はブルーシートで目隠しされ、運ばれていった。その様子を遠くから見ていた山田くんは、「残念だな」と言ったきり、なにも喋らなくなってしまった。山田くんの宝物は、野次馬やマスコミのカメラに晒され、穢《けが》されてしまった。可哀想な山田くん。

一連の騒ぎも、やっぱり現実感がなかった。北朝鮮からミサイルが飛んできてるはずなのに、「ほえ〜？」って思うのと同じくらい。ていうか、現実感ってなに？　現実ってどこにあるの？

離婚後にちょっと体を壊してしまったママは、それを理由に会社の契約を切られ、仕方なく生活保護を申請するハメになった。生活保護を受給する人がタワマンなんかに住んでちゃダメっていうので、また都営住宅に逆戻りだ。でも、あたしもママもそっちの方が性に合ってるってわかったから、全然平気。

荷造りしている最中に、ママの思春期ボックスが出てきた。そこには、ママがあたしの年頃に夢中だったものが詰まってる。雑誌、カセットテープ、CD、VHSのビデオテープ。あたしはその中から、『リバーズ・エッジ』ってマンガを取り出して、荷造りのことも忘れて読みふけった。

窓から西日が差し込み、あたしは読み終わったマンガをぱたんと閉じる。

ママがドアから顔を出して、

「ハルナ、なにしてるの？」と言う。

「これ読んでた」

あたしはママにマンガの表紙を向けた。

ママは「ああ」と、少し驚いた顔。

それから、こう言った。

「ハルナ、それ、わかった?」

「え?」

「理解できた?」

「うん」

すごく。

全部、知ってる話だと思った。

知ってる話、知ってる感覚、知ってる感情。

あたしの物語みたいって、思った。

ママは「そう」と、今度は少しさびしそうな顔。

「ママも昔は、わかったんだけどねえ。大人になったら、わからなくなっちゃった」

あたしたちの住んでいる街には、河が流れている。いまはきれいに護岸工事されてるけど、昔はひどく澱んで、臭かったとママは言う。河口近くの土地には、地上五十階建てのタワマンがそびえる。ここは昔、地上げされたまま長いこと空き地になっていて、セイタカアワダチソウが茂り、ママはそこで、猫の死骸を見たことがあるそうだ。

■この短編は漫画『リバーズ・エッジ』(岡崎京子 著)へのオマージュとして執筆したものです。

あの頃のクロエ・セヴィニー

金髪のショートカット、襟ぐりが白く縁取られたピタピタのTシャツを着て、虚ろな目でエレベーターに乗っている女の子。映画雑誌に掲載された『KIDS』の場面写真を見た瞬間、この女の子は誰だろうと、強烈に惹きつけられた。

彼女はなにかが全然違っていた。

映画女優のなかでは、ジュリエット・ルイスやユマ・サーマンの持つオルタナっぽい雰囲気が好きだったけど、比べると『KIDS』の主役の女の子はもっとリアルで、ストリートっぽい感じ。一瞬、六〇年代のマニアックな映画のリバイバル上映かなにかかと思うほど、その写真は作り物めいたところがなく、ざらざらした生の感触があった。クロエ・セヴィニー。誰なんだろう。

その後はクロエのことを、映画雑誌よりも、こじゃれたカルチャー系の雑誌でよく目にした。カバーを飾ったロッキング・オンの『H』一九九六年九月号。やはり虚ろな目で、舌をちょろっと出して、今度は黒いレースのキャミソールを着ている。だけどセクシーというわけではなく、クールだ。とにかくクール。いまの「カワイイ」と同じかそれ以上に、九〇年代はクールが最上級のほめ言葉だった。

彼女はいったい何者なのか。ハーモニー・コリンの恋人で、古着が好きで、作家のジェイ・マキナニーが『ニューヨーカー』に、街ですれ違っただけのクロエについて長々と文章を寄稿したとか、雑誌に載るようなかっこいい友達がたくさんいる交友関係とか。もたらされる情報は断片的で、全貌がなかなかつかめない。つかめなくてもいいや。ただ、もっとこの女の子のいろんな写真が見たかった。

Windows95を搭載したパソコンが田舎のわが家に導入され、黎明期のネットにつながれたとき、高校生になったばかりのわたしがやったのは、クロエ・セヴィニーの写真を集めることだった。画像を開くのに分単位かかるような時代。フランソワーズ・サガンみたいな栗色のショートカットが可愛い、ミュウミュウのキャンペーン写真を掘り当てたときは、それはもう興奮した。プリンターは地震かと思うほど激しく振動する代物だ。作動中に機嫌を損ねないでくれよと神に祈る思いで印刷した。スーラの点描画みたいな画質だったけど、うれしかった。

あのころ、海外カルチャー寄りの雑誌をめくっていると、偶発的にクロエを発見できた。どの写真も大事に切り抜いて、穴が空くほど見つめた。いまも持ってる。そこにいるのにいないような、自分以外には見えていない幻みたいな、実体のない、とらえどころのない魅力。

クロエ収集にかけたあの熱意はなんだったんだろうと思い返し、恋みたいなもの、というところに着地した。そう、わたしはクロエに恋をしていた。十代のわたしはこんなふうに、しょっちゅう女の子に恋をした。

九〇年代の、ショートカットだったころのクロエ・セヴィニーには、たしかに魔法がかかっていた。それもめちゃくちゃ強力なやつが。『トゥリーズ・ラウンジ』あたりの映画をもう一度観たいな。鼻にかかった声も、喋り方も、笑うときはいつも照れくさそうなのも、すごく素敵だった。

short story

もう二十代ではないことについて

不動産屋のカウンターに座ると、きまって自分が恥ずかしくなった。これっぽっちの家賃しか払えないくせに、東京でバストイレ別の駅近の部屋に住もうなんて、分不相応で世間知らずな娘だ——きっとそう思われてるんだろうと、みじめな気持ちがして。二年ごとに更新料がかかるなんてひどい話で、そのたびに生き方まで問われているように思えたものだ。同じ部屋に住みつづけるか、新しい部屋に引っ越すか。どっちみち大出費だから、その時期は金欠で悲惨なことになる。カルチャーセンターの講師の仕事と焼き鳥屋のバイトの掛け持ちでは、月の収入が二十万に届くことはまずなくて、家賃の予算はがんばって七万円。ほとんど外食もしないしめったに服も買わないけど、通帳を見ると毎回ため息がでた。

引っ越しを選択するのは、たいていうまくいっていないときだ。あたしは住む場所を変えたら運気が上向くと信じていて、「そうだ、引っ越そう！」と決めたときの気分は最高。だけど部屋探しをはじめると途端に、迷子にでもなったみたいに心細くなり、眠れないくらいの不安に襲われたりした。

そもそも、若い女が一人で不動産屋に行くのはけっこう危険なのだ。だからそのときどきの、いちばん親しくしてる人に付き添ってもらって、強気の交渉が必要なときは、基本的にその人が前に出てガーッと言ってくれた。それが彼氏だったときもあれば女友達のときもあるし、よく知らない男の人だったこともあった。彼氏だった人はいまもフェイスブックでつながっているけど、現実世界ではすでに他人だ。女友達とはつづいているものの、最後に会ったのは半年以上前。よく知らない男の人のことは、名前も素性も思い出せない。どこで出会ったのか謎の知り合いや、短命に終わった友達や、何人かの恋人。東京に来て十年、いろんな人と出会ったけれど、ほとんどこぼれ落ちていった。結局みんな、誰か一人と出会いたかっただけなのだ。誰か一人と出会えれば、充分なのだ。

それでいま、唯一残った隆介が、不動産屋のカウンターで、あたしのとなりに座っている。

「ご結婚されてどのくらいですか？」

不動産屋のスタッフは鳥飼《とりかい》さんというめずらしい名前で、彼女は部屋の希望を聞き出す傍ら、プライベートな質問をちらほら投げてきた。

「三ヶ月経つんですけど、新居決まってないから、まだ別々に住んでる感じで……」

「えっ、そうなんですか？　結婚ってそういうもんなんですか？」

彼女は本気でぎょっとしていた。だらしない人たちだと思われたのかもしれない。

「まあ、いろいろあって」

隆介をチラッと責めるように見る。

「まあまあ」

隆介は苦笑いでごまかしてきた。

式の手配はあたしがするから、新居探しは隆介の役目ね、という取り決めは、かなり早い段階でうやむやになった。隆介は部屋探しといってもネットで検索するばかり。よさげな物件のURLがたまにLINEで送られてくるだけで、具体的な話はいっこうに進まなかった。こだわり屋で優柔不断、そして実行力に乏しい隆介。一緒にいるとあたしの方が前に出てガーッと言うポジションになるけど、その役は意外にも自分に合っていたし、なにより隆介がいれば、不動産屋で孤独を味わわずにすんだ。

「ちゃんと足で探さないとさぁ。とりあえず候補を絞って、どんどん内見申し込まなきゃ」

そう言ってお尻を叩いても、隆介はのん気なもんで、結婚式の方が先に終わってしまった。

親族のみの神前式で、披露宴はなし。二人ともカチッとした会社員ではないし、二百万円くらいかかるようなちゃんとしたのは、もう上の兄姉がやってくれているから、「適当でいいよね？」と気楽なもんだった。

友人知人とも、三十歳を過ぎてからは疎遠に拍車がかかっている。ほとんどが結婚したし、何人かはすでにお母さんだ。地元に戻れば八割がそんな感じ。前は帰省が一大イベントで、同じ高校の仲良しグループで集まってはファミレスで話し込んだものだけど、そんな青春っぽい日々もいまは昔だ。最近は帰省といってもちょっと実家に顔を出して姪っ子を愛でるくらいで、わざわざ友達に知らせて集まることはなくなってしまった。さびしいけど、しょうがない。三十代になると、いきなり手持ちの自由時間が減り、大事なものの優先順位ががらっと変わる。そういうもんだよねと、いまは静かに、それぞれが自分の人生を歩むのみ。

家賃の上限は十二万、２ＬＤＫで最低でも六十平米は欲しいと言ったら、鳥飼さんは「うはっ！」と変な声を出して天を仰ぎ、事務所の奥へと引っ込んだ。

カウンターで待たされている間、

「あの人、この不動産屋で働く前はなにやってたと思う？」

隆介が、鳥飼さんの過去に探りを入れてきた。

目鼻立ちの大きな顔と、前髪を横になでつけてきつくお団子にまとめた髪型。身長もあって動きが派手。人を笑わせるのが好きそうで、声が太い。あと元気。

「うーん、劇団員かな。もしくはダンサー」

あたしが言うと同時に、鳥飼さんはプリントアウトした物件情報を持って戻ってきた。

「ちなみに〜。駅まで徒歩何分までなら許せます？　あと、築年数はどのくらいまでなら耐えられます？」

愛嬌たっぷりに勿体つけながら、鳥飼さんは物件情報の用紙をこちらに向けた。

家賃も面積も間取りも要望をクリアーしているけれど、昭和四十七年築とたしかに古い。なにより、「駅徒歩二十分バス停三分」という強烈な表記に目を奪われた。同時にそこに気がついた隆介も、「んんっ?」っと訝しむ声をあげる。駅まで徒歩二十分? 二人で顔を見合わせ、「ないないないない」と首を振った。あたしは焼き鳥屋のバイトの日は終電で帰るのが普通で、いま住んでいるところも駅近を最優先させて選んでいる。その分部屋は恐ろしく狭いし、ユニットバスだけど。隆介のアパートも駅からそう離れてはいない。隆介は自炊をまったくしないから、近所に安い食べもの屋がないと飢え死にしてしまうので、やはり商店街なんかが近くにあるのを望む。駅から徒歩で二十分もかかる住宅街エリアに、隆介が行きそうなチェーン系の牛丼屋や安い定食屋があるとは思えない。

「徒歩二十分って、どんなもんですか、不便さでいうと」

眉間にしわを寄せて、あたしは探りを入れた。

鳥飼さんは、駅徒歩五分を希望する若いカップルを、これまで何組も島流しにした実績でもあるのか、まるで動じない様子。

「一応コミュニティバスも通っているので、陸の孤島ってわけではないです。近くにスーパーもドラッグストアもコンビニも病院もありますし。でもまあ、自転車は必須アイテムですね。自転車お持ちですか？」

隆介は「はい」と即答したものの、彼のロードバイクブームは何年か前に完全に終わっていて、自転車はパンクしたまま雨ざらし、至る所が錆びまくっている。

「奥さまは？」

と水を向けられ、奥さまぁ？　ああ、それってあたしのことかと察知して、これまでの自転車遍歴に思いを馳せた。

幼稚園のときに乗っていた補助輪付きの水色の自転車。小学校にあがって乗り方をマスターし、やっと買ってもらえた赤いママチャリ。中学のときはママチャリは恥ずかしいとゴネて、黒いシティサイクルに買い替えた。高校では逆にママチャリの方がお洒落かもと原点回帰。このママチャリは、いまも実家のガレージにある。それから上京してすぐのころ、デザイン重視で折りたたみ式自転車を買った。それが盗まれてからは、ひたすら徒歩と電車の生活。

「大人になってから乗ったことないかも」

そうぼんやり答えるあたしに、

「自転車、買ってください！」

鳥飼さんはおどけて言うと、とにもかくにも部屋を見てみましょうと、駅から徒歩二十分の物件に、社用車で連れて行ってくれた。

車のハンドルを握りながら、鳥飼さんはくだけた調子で、さっきよりも突っ込んだ質問を投げてきた。

「カルチャーセンターの講師って、なにを教えてらっしゃるんですか？」

「レザークラフトです」

「ああ～レザークラフトですか」

鳥飼さんはなにも話題を広げられないと諦めたのか、特にコメントはせず今度は隆介に職種をたずねた。後部座席から一言、

「インテリア関係」

と言う隆介のぶっきらぼうな答えに、

「あ～なんかそんな雰囲気ですよね」

褒めているのか貶《けな》してるのかわからないリアクション。

あたしは上京して大学を出て、でも将来の進路なんて全然決まらなくて、二十五歳くらいまではフリーターとしてのらりくらり生きていた。このままじゃダメだと入った職業訓練校で隆介と出会い、木工コースだった彼は家具屋に就職、皮革加工コースを卒業したあたしは、カルチャーセンターに自分で売り込んで講師の仕事をもらったり、たまに頼まれると革小物を作ったりして小銭を稼いでいる。でも収入の大半は焼き鳥屋でのバイト代だ。時給千二百円。

鳥飼さんの運転する車は、広い通りから住宅街の奥へと進んで、コンクリートできれいに舗装された駐車場に頭から突っ込んで停まった。こんな立派な駐車場がついてるのかとビックリしたものの、それは手前の分譲住宅のもので、あたしたちが案内されたのは、垣根と垣根の間にのびた細い道の先に、人目を忍んで隠されてるみたいに建つ、木造二階建ての小ぶりな一軒家だった。

「一軒家っ⁉」

と仰天するも、一階部分はオーナーがいまも倉庫として使ってるとかで、物件は二階のみという。庭ってほどのスペースはないけれど、名前のわからない木が鬱蒼《うっそう》と繁っている。

「なんか日当たり悪そう」

隆介がネガティブなことを言うと、鳥飼さんは即座に否定した。

「そんなことないですから！　採光窓とかかなり工夫されてるんで、昼間は眩しいくらいです。一階だと虫が出たりしますし、防犯面でも心配だけど、二階なのでかなり住みやすいはずです！　それに……」

鳥飼さんは手元の資料をペラリとめくってつづけた。

「実はここ、けっこう有名な建築家が設計したんです」

「えっ、そんなふうには見えない！」

思わず言ってしまう。だって外観はなんの変哲もなくて、普通にボロいし。

「中です中！　中まで設計してるんです！　中がステキ！」とあわててヨイショする鳥飼さん。

「建築家って、なんて名前ですか？」

さっそく隆介が興味を示す。

「有名といっても、わたしは全然聞いたことなかったんですけどね。言ってもわかるかなぁ」

鳥飼さんが遠慮がちに口にしたその名前を、隆介もあたしも、案の定知らなかった。建築に興味があるかないかと言われればそこそこあるつもりでいたが、考えてみれば建築家の名前なんて、フランク・ロイド・ライトとか安藤忠雄くらいしかわからない。すぐさま検索した隆介が、ウィキペディアを棒読みした。

「〝戦後日本を代表する住宅を数多く手がける。彼が設計した集合住宅が、二〇二〇年の東京オリンピックのために取り壊しが決まったことを受け、住民による反対運動が起こっている〟だって」

「その建築家とここのオーナー、親交があったそうなんですよ。当時としてはすごくモダンで、建築雑誌に紹介されたりもしたそうです」

玄関にはガレージもついているけれど、車の出し入れは不可。道路へ出るには、あの狭い私道を通るしかない。

「バイクなら停められるんだろうけど、この環境でバイク乗る気にはなれんなあ」と隆介。

駅から遠いからか、まわりはマンションではなく一戸建てばかり。一人者は少数派で、どの家も家族で住んでいるんだろう。駅前の喧騒は遥か彼方、空気からして違う。

みんな家の中でテレビでも見ているのか、それとも外出して留守なのか。うるさい人には引っ越して来てほしくないと、街全体から睨まれている気がする。

鳥飼さんは鍵穴にマスターキーを差し込むと、

「けっこうビックリしますよ」

そう言ってガレージ奥のアルミ製ドアを開けた。

小さな玄関には、カラフルな南欧風のタイルが敷きつめられ、そのすぐ先に、らせん状の木製階段が現れた。

思いがけないディテールに、

「うわ、可愛い」

ひとりごとみたいな声が漏れると、

「上はもっといいんですよ～」

鳥飼さんはすかさず煽《あお》る。

彼女の言う通り、らせん階段の上に広がるリビングは素晴らしかった。

心持ち高い天井と、明かり採りの窓から差す午後の光。造り付けの本棚。アメリカのティーンムービーでヒロインが黄昏《たそが》れてそうな、出窓のベンチ。対面式のキッチンに自分が立って、ホームパーティの支度をしてる姿を想像したら顔がにやけた。

ただ、思った以上に古い。ディテールの可愛さを相殺してしまうほど、あちこちが傷んでいる。黄ばんだ壁には凹み多数、錆びたフックが変な位置に突き刺さり、画鋲の穴が無数に空き、床もニスでテカテカ光り、安っぽかった。キッチンの収納扉を開けると、こもった嫌なにおいがして、思わず息を止める。風呂場は下水が逆流しているのか、あまりに臭くてげんなりした。洋室はいずれも白いカーペット敷きだけど、毛が完全に寝てしまって、汚らしい灰色に変色していた。目を細めて見ると最高の家だ。けれど近づいて目を凝らすと、ほころびばかりが目立つ。

「これ、うちみたいな普通のとこだから残ってるけど、東京R不動産のサイトに上がったら一発で決まっちゃう感じですよね」と鋭いことを言う鳥飼さん。

「たしかにぃ〜」とみんなで笑う。

テレビはどの位置に置こうか、どんなソファを買おうか。出窓にはキリムのクッションなんか置いちゃったりして。そんなイメージが駆け巡って、胸がわくわくする。

隆介がスマホのカメラで部屋のあちこちを撮りまくるうち、充電がなくなったと言ってタイムアウト。鳥飼さんに言って、帰りは歩くことにした。

「周辺環境のチェックは大事ですもんね。歩き疲れたらコミュニティバスに乗ってください。十分おきに走ってますから」

はきはきと説明する鳥飼さんに、コミュニティバスの最終は何時かと訊いたら、

「く……九時台ですね」

あからさまに口ごもった。

「えっ？　九時ってヤバいですね」

「自転車です！　自転車があれば楽勝です！」

社用車に乗り込む鳥飼さんを見送って、あたしたちは、知らない街を歩き出す。


五月の晴れた日曜日、その街は輝いていた。ベビーカーを押してゆらゆら歩く若い夫婦。その横を、娘二人を前と後ろのチャイルドシートに乗せたお父さんが、自転車でサーッと抜かして行った。初夏といった格好の女子二人組が、なにが可笑しいのか首を反らして大笑いしている。民家の屋根の上には猫がぽかぽか日を浴びながら、哲学者のようにじぃーっと一点、虚空を見つめていた。

「なにここ、天国やん」と隆介。

グーグルマップでルートを調べながら、私立大学の敷地にある、いちょう並木を通り抜けることにする。見上げるほどの木々が等間隔で並び、木漏れ日がレンガの道にゆらゆら光と影を描く。秋になったらこの新緑が全部、黄色く染まるなんて信じられない。隆介と手をつないで歩きながら、ここはいいところだな、と思う。同時に、住んでみたらどこだって、そのうち息苦しくなってしまうものだ、とも思った。

いまこのときの、ここに住みはじめる前の、この感じ。

知らない街として見たこの景色を、憶えておきたいと思う。

住んでしまえば細かいことが気になって、なんだってしがらみに感じるようになり、もうこんな、外国を旅してるみたいな、フリーダムな気分は味わえないだろうってことを、あたしは知っていた。

部屋探しに職探し、それから恋人探し。自分探し。探してばっかりの二十代。でもいつの間にかあたしは、見つけてしまっている。探していたはずのもの、ほとんどすべてを。なにかを探している自分に慣れすぎてるせいで、もうそれらを見つけてしまったってことに、まだしっくりきていないけれど。

「でもまあ、治安は良さそうだな」と隆介が言った。

「うん。いいとこだね。駅から徒歩二十分の暮らしにシフトすれば大丈夫だよ。ちゃんと家でごはん作るし。バイトも変えようかな。焼き鳥屋、体力的にキツくなってきてたから、昼間にできる仕事探す」

「ここに決めて……いいんじゃない?」

「あたしもそう思う」

「だよな」

「鳥飼さんに電話しなきゃ」

電話口で鳥飼さんは、「よかったです〜! それはなによりです〜!」と無邪気に喜んだ。商売っ気があるようでないようで、営業成績はけっこう手堅そうな鳥飼さん。

それからあたしたちは、鳥飼さんの人間的魅力について語りながら、駅までの道を歩いた。


六月に引っ越して、あたしが自転車を買いに行ったのは、七月に入ってからのことだった。それまではコミュニティバスを使って、夜遅くなったときは駅前からタクシーに乗った。家までは千円でお釣りがくる額。住んでみれば別に不便という感じはしない。そういうもんだと思えば、なんでも平気になるものだ。

壁の汚れはネットで買った輸入壁紙を貼って見えなくした。戸棚の中には脱臭剤。洋室のカーペットを思い切って剝がしたら、意外にもきれいな寄木細工の床が現れた。駅まで遠い分、家の中で快適に過ごそうという気持ちが強くなった。人はこうしてほっこり系に流れていくものなのか。

自転車はどれにしようか悩みまくった挙げ句、ルノーの折りたたみを買うことにした。隆介は「そんなんじゃ走る喜びを味わえない」とバカにしたけど、自転車の運転に自信がないから、前のめりになって漕ぐクロスバイクは怖いのだ。駅前のサイクルショップに買いに行き、あたしは久しぶりに自転車にまたがった。

「二十歳以来かも。ちゃんと乗れるかなあ」

サドルの高さ調整をしてくれていた店員のおにいさんが、「自転車って久しぶりに乗るとめっちゃ楽しいっすよ」と、期待させるようなことを言う。「乗ってない期間が長いほどいいんですよ」

たしかにおにいさんの言うとおりだった。

試しに通りを一漕ぎすると、はずみがついてそのままひゅーんと加速。無性に楽しくて、足が止まらない。
「気をつけて」という隆介の声がうしろから聞こえる。
ものすごく久しぶりに、自転車に乗って風を切ったときの、この喜び、この疾走感。
思わず口から「キャー」が漏れた。
「キャー」だって。
あたし、キャーって言ってる。一人で顔が笑ってる。
自転車を旋回させて走りながら思った。
まだまだ楽しいとあたし、キャーとか言っちゃうんだ、ってね。

essay

わたしの京都、喫茶店物語

二十二歳の春、京都に引っ越した。

生まれ育ちが富山で、大学は大阪の田舎の方だったから、もう少し都会で暮らしてみたいという気持ちがあった。けど東京は怖いし、大阪の中心部も怖い……でも京都なら、自分みたいに軟弱な若者でもやっていけるんじゃないかという気がしたのだ。二〇〇三年三月のことだった。

就職もせず、なんの展望もなく、ふらふらと流れ着いてしまった。京都の街はそういう人がけっこう多い気がする。

不動産屋のおねえさんと内見した帰り、たしか夜の四条大橋を歩きながら、「実はまだバイトも決まってなくて……」と打ち明けると、わたしもそうでしたよ、と明るく言われた。

「就職も決まってないのに、とにかく京都に出て来ちゃったんです。でも大丈夫。なんとかなるもんですよ」

その言葉に励まされ、ずいぶん長いこと心の支えにしていた。

心の支えはもう一つあって、それは週に一度、当時つき合っていた男の子と会うことだった。京阪電車に乗ってやって来る彼とは、いつも高瀬川沿いにある「名曲喫茶みゅーず」で待ち合わせた。「みゅーず」は二〇〇六年に閉店してしまったけれど、高瀬川と小径《こみち》にはさまれたY字路に佇んでいる、山小屋のような素敵な店だった。赤いビロードの椅子と木のテーブル。窓からは川のせせらぎと、木屋町通の往来がのぞめる。春には満開の桜と、それを携帯で撮ろうとする大勢の観光客の姿が見えた。二階へのぼる階段の手すりには凝った細工が彫られ、名曲喫茶といっても堅苦しい感じは全然なくて、店内はいつも多くの人の話し声や笑い声で賑わっていた。重厚なスピーカーから流れるクラシック曲と、コーヒーカップをソーサーにカチャリと置く音。きびきびと立ち働くウエイター、ショーケースに入った色とりどりのケーキ。わたしはそこでボーイフレンドと、おもしろかった本や好きな映画のことを話した。

わたしはとても若く、いつも不安で、且つ不安定だった。彼と「みゅーず」で心ゆくまでおしゃべりする時間だけは、この先どうしようというネガティブな気持ちが吹き飛んで、会話にひたすら熱中した。自分の中でごたまぜになったいろんな思いが、溢れだすみたいにひたすらしゃべった。彼は聞き上手で話し上手だった。二年で別れてしまったけど。

「みゅーず」の一階奥の窓は広く、太陽の光がさんさんと降り注いで、昼時はいつもまぶしいくらいに明るかった。


最初のバイト先は、アパートから歩いてすぐの場所にできた小さなカフェだった。内装工事をしているころから気になっていて、ある日お客として行き、すっかりそこが気に入ってしまった。町家の二階にある隠れ家のようなカフェ。葡萄ハウス家具工房でそろえたというアンティーク家具と、ガラスのランプシェードからこぼれる懐かしい光。テーブルに置かれたグリーン、閲覧自由の絵本。夢のような空間だった。

それで、思わず会計のときお店の人に、『千と千尋の神隠し』よろしく「ここで働かせてください！」と懇願してしまったのだ。オープンしたてで人手が足りていなかったこともあり、すぐ雇ってもらえることになった。

接客は好きだったけど、毎日同じことを繰り返す仕事にはあまり向いていなかった。なにより二十代前半のわたしは、なにかをしたいと思いながら、それがなんなのかわからなくていつもイライラしているような子だったから、あまりいい従業員とはいえなかった。一人で店番するときは、こっそり本を読んだり、思い浮かんだ文章を書き留めたり、換気扇の下でやさぐれた気持ちでタバコを吸ったりした。あとは、自分の好きなCDを流して、客のいない閉店間際に一人、ヤケクソ気味に踊ったり。

ある日その店が雑誌に取材されることになった。ライターの女性とカメラマンの人が来て、手際よく話を聞き出し写真を撮っていく。いくらこの店が〝夢のような空間〟でも、一日中じっと店番するのがだんだん苦痛になっていたわたしに、彼らはなんだかすごくカッコよく見えた。

「ライターって、どうやったらなれますか？」

思わずそんなことを訊いていた。

そのライターさんに紹介してもらった縁で、編集プロダクションに出入りするようになった。鴨川沿いを自転車で走り、バイト先のカフェと編プロを往復する生活。

フリーライターとしていろんな店を取材してまわるのは楽しかったし、やりがいもあったけれど、それもだんだん飽き足りなくなった。自分は一体なにがしたいのか、なにができるのか。体の中に得体の知れないものがいて、そいつがなかなか現状に満足してくれない。

バイト先のカフェで出会った友達もそういうタイプだった。彼女と「フランソア喫茶室」に行き、びっくりするほど美味しいアイスカフェオレを飲みながら、しかし話すことといえば、自分の中にくすぶる、暗澹《あんたん》たる気持ちのことばかり。真の居場所はどこか、本当にやりたいことはなにか。

「マリコは東京に行った方がいいよ」

そう言って背中を押してくれたのも彼女だった。

京都をはなれて東京に行くと決めたころの記憶はけっこう曖昧だけど、一つだけよく憶えているシーンがある。飼っている猫の産んだ子が、生後三週間で死んでしまった翌日のことだ。

喪の気持ちを一人抱えながら、にぎやかな街を歩くのが辛くて、どこか静かな場所に行きたいと吸い込まれるように入ったのが「喫茶ソワレ」だった。昼間の喧騒も、ソワレ（夜）の世界に入ってしまえば消えて、スーッと落ち着くことができた。

「ソワレ」は、会話するのも気が引けるような、静かでクラシカルな空間。異空間すぎてめったに足を運ぶことはなかったけれど、このときばかりは「ソワレ」の浮世離れした雰囲気と静謐《せいひつ》さに、本当に救われた。辛いことがあったとき、悲しいことがあったとき、深い深い海の底に沈み込んでひっそりと孤独を味わいたくなったとき。そんなときに「ソワレ」のような店に逃げ込むことができたのは、京都に住んでいることの、いちばんの特権かもしれない。


それらの店に、かつて当たり前のように行っていたのかと思うと、なんて贅沢だったんだろうとくらくらする。日常生活の範囲内に、あんな場所がいくつもあったのかと思うと、過去の自分がうらやましくて仕方ない。

二〇一二年秋。はじめての小説を出版したばかりのわたしは、編集さんと一緒に数年ぶりに京都の街を旅した。東京に移り住んで七年、ようやく念願叶っての作家デビューだった。

　河原町三条のホテルに泊まった翌朝、バイキングを食べたあと、食後のコーヒーを飲みにイノダの本店へ足を延ばした。「イノダコーヒ」は七時から店を開けているけど、そこで朝のコーヒーにありつくのは、近隣住民以外にとっては至難の業である。

　テラス席に座り、赤いブロックチェックのテーブルクロスの上の、真っ白いカップに入った深い味わいのコーヒーを、たっぷり時間をかけて飲んだ。優雅で、どこか楽天的な雰囲気があり、なんだかこれからの人生、全部うまくいくような気がした。そしてじんわりと、「ああ、わたし、ついになんとかなったんだな」という思いが溢れてきた。四条大橋で不動産屋のおねえさんが言っていたより、はるかに時間はかかったけれど。

short story

マーリカの手記

――一年の留学を終えて――

わたしの名前はマーリカ・キュイク。二〇一五年から二〇一六年にかけての一年間、エストニアから日本に留学していました。

日本は弓状に島が連なる独特な形をした国で、その全貌を把握することはとても難しいです。もっとも北に位置するのは、ロシアとの問題を抱えた領土、そして北海道という大きな島、その下に、本州と呼ばれるメインの島（バナナ状にしなった形、東京も京都も大阪もこの中にある）、さらに内海に浮かぶ四国という島、その西隣に九州という島、さらに台湾へと続く海上にポツポツと顔をのぞかせる小さな島の集まりには、沖縄という名前がつけられています。

日本は雄大な海に美しいバランスで並ぶたくさんの島の集合体という、とても特殊な国土を持つ国です。

九州および沖縄を合わせた面積がエストニアの国土とほぼ同じになります。しかし九州には一三〇〇万人以上の人が、沖縄には一四〇〇万人以上の人が住んでいます。エストニアの人口が約一三〇万人であることと比較すると、その人口密度は驚異的です。日本の人口過密ぶりを示す象徴的光景として、渋谷駅前のスクランブル交差点はとくに有名で、ワールドカップやハロウィンの際には交通規制がかけられるなどして、警察官が取り締まる様子はテレビニュースで報じられます。

その渋谷から電車で約一時間かかる、千葉県の大学にわたしは留学しました。

二〇一五年の春。

エストニアの首都タリンから高速船で海を渡ってフィンランドへ行き、ヘルシンキから直行便で十時間と少し、成田国際空港に到着したわたしは、いきなりテレビ番組の撮影クルーに声をかけられました。

「Why did you come to Japan?《ＹＯＵは何しに日本へ？》」

突然のことに面食らいながら、

「留学」

と一言で返すと、どうやらあまり彼らの興味をそそるような回答ではなかったらしく、それ以上はとくに追求されませんでした。しかし彼らに、大学側に紹介された寮の住所を見せて行き方をたずねたところ、とても親切に教えてくれました。

一年分の荷物を詰め込んだスーツケースを転がし、電車を乗り継いでわたしはその場所に着きました。そこは厳密には寮ではなく〝団地〟と呼ばれる集合住宅でした。

団地はとてもユニークです。

まず社会的な側面から説明すると、太平洋戦争によって多くの家屋が焼失した日本は、ベビーブームが起こって人口ボーナス期に突入したこともあり、住宅の大量供給が急務でした。日本はエストニアに比べて国土が広いものの、その大半は森林に覆われており、人間の居住に適したエリアは限られています。その限られたエリアに効率的に人が住まうことができ、なおかつ文化的な住宅を目指して誕生したのが団地です。

次に建築的な側面から見ると、団地は基本的に、均質な直方体の建物が、敷地内に何棟も建つことで、独自の視覚的リズムを生み出す、とても興味深い居住集合体といえます。ル・コルビュジエの集合住宅「ユニテ・ダビタシオン」に影響を受け、建築家の前川國男による晴海高層アパートが一九五八年に竣工。これ以降さまざまな建築家が趣向を凝らしたオリジナリティあふれる団地をデザインしますが、日本人が団地に抱くイメージは、概ね「画一的」というややネガティブなものです（上空から俯瞰《ふかん》した団地を日本人は、「カマボコを並べたような……」と表現することがある。カマボコとは白身魚とでんぷん質を練り合わせて、長方形の板の上に成形した食品。表面がピンク色に着色されていることから、彩りとしてうどんなどに用いられることもある）。

わたしが住んだ千葉県の団地は、高度経済成長期直後の一九七〇年代半ばから、バブル経済の終焉《しゅうえん》である一九九〇年代初頭にかけて、約十五年の歳月をかけて段階的に作られました。

団地は箱型コンクリート造の建築物を指すと同時に、その集合体によって造られた地域全体という意味も含んでいます。

地域というより、それはほとんどひとつの街です。

団地の敷地には街全体が描かれた案内看板が設置されていますが、第一街区から第六街区にわたる広大な敷地の中で、わたしはさっそく迷子になってしまいました。四十〜五十棟はくだらないかと思われる数の棟が、駐車場や道路、公園などを挟んで整然と並んでいるため、建物の高さはわずか五階建てながら、まるで山に囲まれたような独特の威圧感を醸しているのです。

団地の建物はレゴブロックを思わせる直方体です。鉄筋コンクリート造で色合いは白もしくは灰色。そのせいで、とても無機質な印象を人に与えます。しかし、ベランダには色とりどりの洗濯物が風にたなびき、とても生活感があります。そして街路に植わった木々は年月をかけて立派に育ち、季節が春だったこともあって、どこか野性的な生気をみなぎらせていました。

重いスーツケースを転がしてヘトヘトでたどり着いたその部屋には、ルームメイトがすでに入居していました。台湾人のエミリー・チェンは、黒髪のロングヘアが美しく、顔立ちも日本人とまったく見分けがつきません。彼女は英語名を持っているし、英語が上手でした。

「ハーイ、よろしくね。エミリーって呼んで」

「ハロー。わたしはマーリカです」

わたしたちは握手を交わしました。

「靴を脱いであがるのよ、知ってる？」

「ノー」

「あたし一週間も前に着いてたから、もう結構詳しいよ」

エミリーはニコニコと人懐っこく言います。

彼女はすでに、南向きでバルコニーのついた六畳の和室（tatami 六枚分の部屋の意味。日本のポピュラーな個室であり、10 square meters ほどの広さがある）をとっていたので、わたしには自動的に、もう一つの六畳間があてがわれました。そこはエミリーの部屋に比べるとバルコニーもなく、日当たりも悪いように感じました。しかもドアではなく仕切りは襖《ふすま》（木枠に和紙で装飾された引き戸タイプの扉。音が筒抜け）です。

襖を開けると、畳の青々した香りがよそよそしく鼻にまとわりつき、部屋は冷え切っていました。裸足で畳にあがったところ、足先がみるみる凍るように冷たくなります。部屋にはなにもなく、ベッドや机といった備え付けの家具も見当たりません。押入れ（クローゼット兼物置。ドアには部屋の入り口と同様の襖が用いられている）を開けると空っぽ。わたしは激しく落胆しました。

「わたしはどこで寝るのでしょう？」

エミリーにたずねると、彼女はケタケタ笑って、

「わたしは布団を買ったわ、ニトリで」と言いました。

ニトリとは、「お値段以上」というキャッチコピーで知られる、家具やインテリア雑貨を扱う有名なショップのこと。日本版イケアのような存在です。

長旅を終えてたどり着いた部屋に、横になれるベッドもない。これはかなりこたえました。

それから部屋。故郷から遠く離れた異国で一年間を過ごす、大切な部屋です。せめてバルコニーのある、日当たりのいい部屋がよかった。

わたしは六畳間の真ん中に置いたスーツケースの上に座り、途方に暮れました。お腹も空いていましたし、脚もむくんでぱんぱんでした。

突然、部屋割りを勝手に決められていたことに腹が立ってきました。とても疲れていましたが、ここで異議も唱えずみすみす引き下がっては、永遠に根に持つことになる。そう思ったわたしは、心を強く持ってこう言いました。

「この部屋割りは誰が決めたのですか？」

「あたしだけど、なにか問題でもある？」

エミリーはツンとした調子で言いました。

これはあとで知ったことですが、台湾人のエミリーは外見的には日本人にそっくりですが、性格的には南国気質でとてもストレート。繊細でシャイな日本人とは正反対だったのです。

「……わたしもバルコニーのある部屋がよかったです」

「そう。でもこういうのは早い者勝ちだと思うの」

エミリーは感情の読めない黒い瞳で、憮然と言い返してきました。

しかし一年間の住み心地がかかっているのですから、わたしも負けてはいられません。長旅の疲れを押して、こう言いました。

「早い者勝ちで部屋割りが決められると知っていれば、わたしは絶対にあなたより早くここへ来ようと努力したでしょう」

ピリッとした沈黙が流れました。

エミリーは肩をすくめて、半年後に部屋を替えてくれると言いました。それからエミリーは、

「あたしセルフィッシュだったかも、ごめんなさい」

と言って、お詫びに〝緑のたぬき〟をプレゼントしてくれました。

「これはなんですか？」

「日本のカップラーメンよ。お湯をかけて食べるヌードル。日本では引っ越しをした日とニューイヤーズ・イブにこれを食べる伝統があるの」

「へぇー……」

わたしはエミリーに言われるがままに緑のたぬきの蓋を開けました。乾燥したコンクリート色のヌードルは、とても食べ物には見えません。天ぷらはプラスチックのようでした。スープの素とかやくと呼ばれる具を入れて、

「熱湯を注いで三分待つの」

言われた通りにし、完成した緑のたぬきを恐る恐るフォークで巻いて、口に入れました。

「美味しいでしょ？」

「んー……」

それはなんとも言えない、異国の味がしました。

というわけでエミリーは、わたしにとって最初の、日本での友達となりました。

エミリーは〝嵐〟が大好きで、嵐に会うために日本に留学したそうです。日本語で嵐とはstormの意味ですが、日本では嵐より台風（typhoon）の呼び方が一般的なため、現代において嵐という言葉は、ジャニーズ事務所というタレントエージェンシーに所属している、平均年齢三十四歳（当時）の男性五人組アイドルグループのことを指します。

「あたしはニノが好きなの」

「ニノ？　ニノとは誰ですか？」

エミリーは嬉々として、ニノの魅力を語ってくれました。彼女は嵐のことをより多く知るために、台湾にいるときから熱心に日本語を勉強していたらしく、すでに日常会話ができるほど日本語が上手でした。

「独学で勉強したってこと？　すごい」

「まぁね。うちのおじいちゃんがちょっとだけ日本語をしゃべれるから」

それからエミリーは嵐のメンバーの見分け方や、嵐を観賞するときの楽しみ方など、いろいろ教えてくれました。彼らの仲の良い姿はとてもほほえましく、テレビ番組ではしゃいだ姿がすごく「カワイイ」とエミリーは言います。

ところがエストニア人のわたしからすれば、嵐のメンバーの外見的な若々しさは驚異的と言ってもいいレベルで、彼らはみな十九歳のわたしより年下の高校生くらいに見えます。彼らに対する称賛の言葉は、カッコイイ（cool）よりも、カワイイ（cute）が用いられます。カワイイは日本人女性がもっとも好む形容詞であり、彼女たちは呼吸するようにその言葉を口にします。

大学の授業がはじまるまでの数日間、エミリーとわたしは多くの時間、行動をともにしました。エミリーはわたしに、ショッピングモールには必要なものがなんでも売られていることを教えてくれて、ニトリに連れて行ってくれ、布団の購入を手助けしてくれました。

敷き布団は、それ単体でベッドとマットレスを兼用している優れものです。簡単に畳むこともでき、夜寝るときだけ押入れから出して敷きます。しかし毎日その作業を繰り返すのはとても面倒なので、現代ではその習慣は〝温泉宿〟以外ではほとんど廃れています。

それから〝100円ショップ〟で日用雑貨を購入しました。100円ショップは生活に必要なものと、とくに必要でないもの、ありとあらゆるものが100円で売られている、理解しがたい素晴らしいお店です。見たこともない商品が凄まじい量で並ぶので、思わず興奮状態に陥り、うっかりいらないものまでカートに入れてしまいました。エミリーが連れて行ってくれたショッピングモールは、そのほかにもたくさんのお店があって、とても楽しかったです。

そうこうして生活環境を整えるうちに、団地の街路の桜がほころびはじめました。桜は春の到来を告げる風物であると同時に、日本文化そのものとすら言える象徴的な花です。秋に落葉し、冬の間枯れたように見える枝が、つぼみをつけ、ピンク色の小さな花を無数に咲かせます。この時期のテレビ番組では〝開花予想〟が飛び交い、ほとんど毎日、一日に何度も、各地の桜の咲き具合がリポートされます。

日本各地に〝桜の名所〟と呼ばれる観光スポットがあり、たくさんの人で賑わいますが、それほど遠くまで行かずとも、桜は街のいたるところで見られます。この団地の桜もなかなかのもので、住人によるちょっとしたフェスティバルまで開催されていました。

そのフェスティバルは〝お花見〟と呼ばれ、とても賑やかなものでした。団地にはたくさんの人が暮らしています。わたしやエミリーのような留学生、竣工時から住んでいる高齢者の方、元気のいいおばさん、おじさん、若い夫婦、そして子どもたち。コミュニティに一体感があって、とても活気があります。みなスマートフォンで写真を撮るので、カシャカシャという大きな音があちこちに響き、とにかく騒々しいです。そして団地の自治会によって〝焼きそば〟が振る舞われていました。焼きそばはキャベツや豚肉とともに炒める、ソース味のヌードルです。紅ショウガのアクセントが効いていて、とてもエスニックで美味しくて、気に入りました。

エミリーがお箸を上手に使うので褒めると、クスクス笑って、

「そりゃそうだよ。台湾でもお箸使うもん！」と言いました。

エミリーは顔が日本人に似ているだけでなく、ほとんど同じ文化圏から来ているのだと、このとき思い知りました。台湾人のエミリーにとって日本に留学するのは、わたしがラトビアやリトアニアといった、バルト三国に行くようなものなのです。

ブルーシートの上に、お弁当やアルコール類を広げて〝どんちゃん騒ぎ〟をする人々。外見的にもすっかり溶け込んでいるエミリーと違って、わたしは明らかに〝ガイジン〟ですし、誰も話しかけてきません。縁石に腰掛けて、焼きそばを食べながら、あまりの疎外感に、悲しくなってきました。

「マーリカ！　どうして泣いてるの？　どうしたの？」

エミリーに背中をさすられ、涙を流しながら、わたしは焼きそばを全部食べました。

それ以来わたしは焼きそばを食べると、桜を思い出します。


大学の授業がはじまりました。

と言っても、留学生向けのプログラムは日本語の習得に特化したもので、わたしのような語学レベルだと、日本語初級クラスと日本語会話入門をメインに、基本文法、聞き取り、作文などの授業を履修することになります。

日本の大学に留学していながら、実際には日本語スクールに通っている感じでした。同じクラスにいるのは世界各国から来た、日本語を学びたいと思っている学生ばかり。授業をはなれたときのコミュニケーションは、自然と英語が中心になります。留学生向けの授業が行われている校舎は広いキャンパスの奥まった場所にあり、日本人学生との交流はほとんどありません。隔離されているように感じると言っては大げさですが、留学生たちはみなどこか「思っていたのと違うぞ」という、落胆した気持ちを漂わせていました。

もちろん、それは自分たちの責任なのです。現に日本語上級クラスを取っているエミリーは、サークルに入り、日本人の友達をたくさんつくって、さらにはスーパーでレジ打ちのアルバイトもはじめ、留学をエンジョイしていました。日本語が日常会話程度話せることにも増して、やはりそれは彼女の社交的な性格と、嵐という好きなものがあることによって生まれるポジティブなパワーのなせるわざなのだと思います。

一方わたしはというと、生来の内気な性格と、日本語がまったく理解できないことがストレスとなって、深刻なホームシックにかかってしまいました。どうして日本になんか来てしまったんだろう、エストニアの友達が恋しい、家族に会いたい、おばあちゃんに会いたい。

日本では学校の新学期も、会社の新年度も、四月にスタートします。そこからちょうど一ヶ月が経った五月の初週にゴールデンウィークと呼ばれる連休があり、人々は環境の変化で疲れた心を、旅行をしたり、ホームタウンに帰省したりすることで一斉に慰撫《いぶ》します。エミリーは嵐ファンの友達と原宿に行っていましたが、わたしは団地から一歩も出ずに過ごしました。ノートPCでエストニアの友達とスカイプしたり、動画を見たりして気を紛らわせ、やり過ごしました。

連休が終わって授業が再開すると、わたしの日常は淡々と流れていきました。エミリーは毎日忙しそうで、帰りも遅かったり、時々外泊していましたが、こちらは単調そのもの。学校に行き、日本語漬けになり、疲れて団地に帰って、コンビニで買ってきたものを食べて寝ます。

あるとき、こんなことがありました。

たまたま早くに目が覚めて、散歩がてらゴミを出しにでました。いつもなら学校へ行くときついでに出していたのですが、ふと、散歩でもしてみようと思い立ったのです。

外へ出るとまだ薄暗く、気温も少しだけひんやりして、世界は青みがかっていました。

そしてゴミ収集所に行くと、すれ違った知らない中年女性から、

「おはようございます」

と声をかけられたのです。

それまで団地の人と言葉を交わしたことは一度もなかったので、わたしはびっくりしました。あまりに突然だったので、ちゃんと挨拶を返すこともできません。

「オ、オ、オハヨウゴザイマス……」

わたしは呆然とひとりごちました。

どうやら早朝には、マジックがかかっているみたいです。

朝も七時を回ると、人々の心はせかせかして閉ざされてしまうけれど、それよりも早い時間帯、彼らはとてもオープンなのです。むしろ早朝にゴミ出しで一緒になった人に挨拶をしないのは、無礼とすらいえる行為。わたしはそれに気づいてから、ゴミの日は極力早起きするようにしました。

まだ夜が明けきっていないタイミングを見計らい、ゴミを持って部屋を出ます。団地のゴミ収集所は、棟ごとに一つずつ。ブロック塀でコの字形に囲われたエリアにはみ出さないように置き、青いネットをかけるのがマナーとされています（青いネットをなんのためにかけているのかは不明。また、資源ゴミの日はどこから出てきたのかプラスチックケースが並べられ、よりデリケートな分別を求められる）。

わたしがゴミを出して青いネットをかけていると、鉢合わせた老人が、

「おはようございます」

と声をかけてくれました。

「オハヨウゴザイマス！」

振り向いたわたしが勢いよく挨拶すると、

「あ〜ガイジンさんか。こりゃどーもどーも」

おじいさんはちょっとぎこちなく、照れたように笑いました。

以来、挨拶ねらいのゴミ出しは、わたしの日課となりました。

早朝に起きると、季節の変化をより敏感に感じることができます。六月から七月上旬までは〝梅雨〟と呼ばれる短い雨期。この季節、団地のいたるところにアジサイが咲き、みずみずしく美しい風景になります。雨期が終わると夏がやって来ます。日本の夏は恐ろしいほど暑く、テレビニュースでも注意喚起が繰り返されます。毎日どこかで何人もの人が暑さで亡くなっているので、外に出るのが怖くなります。夏が終われば秋。十月から十一月にかけて、四月の桜のときと同じように、今度は〝紅葉〟の情報が飛び交います。紅葉の名所の様子が繰り返しリポートされ、赤や黄色に色づいた葉っぱが、枝から落ちると冬。そして春と、一年は過ぎていくのです。

「おはようございます、今日は暑いですね」

「おはようございます、涼しくなりましたね」

「おはようございます、寒いですね」

ゴミ出しのときに会う人と挨拶する際は、季節の変化を簡単に伝え合うと、よりよいです。しかし、挨拶と、季節のリポート、それ以上の会話というのは、ほとんど生まれません。そこまで突っ込んだコミュニケーションは、わたしの語学力では難しいのです。

ゴミ出しで顔見知りになったあの老人と、何度か立ち話をしたことがあります。

「あんたどこの人？」

「え？」

「どこから来た人？」

「わたしはエストニアから来ました」

「あ〜あんた把瑠都《バルト》の国の人か。そいつは遠いところから来なさった」

「え？」

「把瑠都の」

「はい、バルト三国の」

「いやいやそうじゃなくて。把瑠都。相撲の」

おじいさんは「ドスコイドスコイ」と、相撲の突っ張りのゼスチャーをしました。

しかしわたしにはちんぷんかんぷんです。

「スモー？　バルト？　すいません、わかりません」

「ああ、まー仕方ないか、把瑠都、もう引退したし」

などと言っておじいさんは去って行きました。

これが、日本人と交わした会話の中では、もっとも深い内容です。

あとでネットで調べて、エストニア人が把瑠都という名前で、相撲界で活躍していたことを知りました。「角界のディカプリオ」というあだ名で親しまれ、大関にまで昇進したそうです。日本でこんなに活躍したエストニア人がいたことを、わたしはこのときはじめて知り、誇らしい気持ちになりました。把瑠都は引退した現在、オフィス北野というタレントエージェンシーに所属し、芸能人として活動しています。

年が明けるとすぐに後期授業は終わり、わたしの留学もエンディングに近づきました。手続きをして、帰国の準備に入ります。エミリーはもうしばらく日本にいると言って、不用になった布団を引き取ってくれました。

そのとき、わたしもエミリーも思い出したのです。ここに引っ越して来た日のことを。

「そういえばあたしたち、部屋をチェンジする約束してたの、すっかり忘れてた！　ごめんねマーリカ。わざとじゃないの！　ごめんなさい！」

エミリーは狼狽して謝りました。

「いいの、大丈夫よ。そのこと、わたしもすっかり忘れてた」

笑顔で言って、わたしたちはハグしました。


日本には「住めば都」ということわざがあります。どんな辺鄙《へんぴ》な場所でも、住み慣れればどこでも都（都市、ややユートピア寄りのニュアンス）というわけですが、団地は実際わたしにとって都のような場所でした。と言うより、わたしはこの団地の自分の部屋しか、よく知らないのです。

帰国の飛行機に乗ったのは、二月の終わりのことでした。とても長く感じた留学も、終わってみればあっという間。エミリーからもらった二ノのうちわと、家族へのお土産に買った緑のたぬきをスーツケースに詰め込み、飛行機の中で、わたしは思いました。できればもう一度、団地の桜を見られたらよかったのにと。

満開になった桜の美しさは筆舌に尽くしがたく、年に一度しかあの季節がめぐって来ないのは残念でなりません。

でも、だからこそ、それは美しいのです。

essay

ここに住んでいた

知人に、青山のご自宅へ招待してもらう機会があった。「ここです」と案内されたのは、駅からすぐの場所に建つ、タイル貼りの高級マンション。指差された建物を見上げ、私は狂喜した。なぜならそこは、かつて向田邦子が住んでいた所ではないかと、私が勝手に断定していたマンションだったのだ。

『眠る盃』などのエッセイを読むと、終《つい》の住処《すみか》となった青山のマンションのことがたびたび出てくる。室内で撮られた写真も多く、ある本には、彼女が部屋のどこに何を置いていたか、細かく記された間取り図まで載っていた。とりわけ興味がわいたのは場所だ。エッセイには、あるパン屋さんの名前が出てきた。

それを手がかりに、青山の街を歩き、「ここだぁー!」と特定したのが、冒頭のマンションである。知人にその話をすると、「そうだよ、向田さんは○階だったらしい」と教えてくれた。すっきりとモダンだが、集合郵便受けや玄関ドアの感じがたまらなく昭和で、とても感激した。

著名文化人の旧居跡には、看板が立っていることが多い。夏目漱石からサトウハチローまで、文京区を歩くとよくそういった史跡看板に出くわす。見つけるたびに足を止めて「おっ」と読み込むが、やはり感動的なのは、書物を紐解いて、自力でたどり着けたときだ。

何年か前に読んだ『安井かずみがいた時代』（島﨑今日子著）にも、作詞家の安井かずみと加藤和彦がかつて暮らした家の手がかりがちりばめられていた。暇にあかせて六本木を歩きまわった折、ここに違いないと、ある瀟洒《しょうしゃ》な家に目星をつけた。そちらはまだ裏が取れていないけれど、あの伝説のカップルが暮らしていたに相応《ふさわ》しい、美しい家だった。

かく言う私が今住んでいるマンションも、昭和のある有名人の住居跡である。これは娘さんから直接うかがったので間違いない。数年前、内見に訪れた部屋でその話を聞き、即決した。

東京には、「かつて誰々が住んだ」物件は存外多い。うちの夫が二十代のころ住んでいた高円寺のアパートも、「昔この部屋に南こうせつが住んでたんだよ」と、大家さんが言っていたそうだ。

先日、その高円寺のアパートの前を車で通りかかった。建て替えられ、すっかり今風のマンションになっていて、夫はさびしそう。さらに吉祥寺までドライブし、今度は私が上京してから最初に住んだ、木造モルタル二階建てのアパートにも行ってみた。建物は健在。しかしすでに人が住んでいる気配はない。手すりは錆び、雑草は伸びて荒れ放題。完全に廃墟になっていた。

向田邦子の時代とは、個人情報の感覚はずいぶん変わっている。昔は住所を明かすことにおおらかだった。今は、SNSによって読者の方との距離はフラットになっている一方、こうしたエッセイとなると、現在の生活圏を悟られないよう、煙に巻く書き方になる。

私も、現住所に関しては「下町エリア」と歯切れが悪いものの、昔住んだ場所に関しては、最寄りの駅名を明かし、あちこちにヒントをバラ撒いている。奇特な読者さんが探しに行ったりしないかな～と、妙な期待を込めて。

しかし後世まで残るような建物でないと、この遊びはできない。吉祥寺のアパートの方は、もう長くはなさそうである。

essay

ニキ・ド・サンファルのナナ

ニキ・ド・サンファルのことを知ったのは、たしか女性ファッション誌の特集ページだった。そのときは正直、作品よりもニキ本人の方が魅力的に思えた。男性芸術家たちの中で紅一点、ポーズを取る美人のニキは、ブロンディのデボラ・ハリーのように輝いていた。しかし作品はというと、狂った色彩感覚と崩壊した造形の、醜さと紙一重のド派手なもので、「この美女、なんでこれを作ったんだろう？」と疑問に思ったのだった。二十歳くらいの頃だと思う。

それから年月が過ぎ、大人になり、〝女の子〟から〝女性〟となったわたしは、ニキの作品が好きになったし、わかるようになった。でっぷりしたお尻が特徴の女性像『ナナ』が、「イヤッホー」と言わんばかりに踊ったり走ったり逆立ちしたりしている姿は、女性の解放そのものなんだということに、やっと気づいた。

どういうことかと言うと、わたしがこれまで観てきたヌードはどれも、男性による男性のための女性のヌードなのだ。その大半はモデルがいようがいまいが、「こうだったらいいのに」と、作者の好みに補整された理想像。それが一種のイデオロギーと化して美の基準になっているわけだ。ということはつまり、わたしは二十歳くらいの頃、女でありながら男の目で、ニキの『ナナ』に眉をひそめてしまっていたということだ。

この問題はとても根深い。女の人が知らず知らずのうちに、自分の中に「男の目」を植えつけてしまっていることはよくある。むしろ、そこを経由しないことは不可能だろう。でも、できるだけ早く、ものごとを女の目で見られるようにならないと。そうでないと少なくとも、ニキの『ナナ』はわからない。

二〇一五年、国立新美術館での回顧展に行った。展示フロアに流されていたインタビュー映像で、「男たちも自分が作った世界の犠牲になってる」と話すニキを、男性客が熱心に見入っていた。

マンスプレイニング考

美容院で鏡の前に座り、雑誌をめくっていたときのこと。アシスタントの若い女性が誌面をひょいと覗き込み、「あ、この映画、『きぐるいピエロ』ですよね」と言った。惜しい！　正解は『気狂《きちが》いピエロ』。以前は普通に使われていた言葉だが、自主規制の激しい昨今、この言葉をうっかりテレビの生放送で言うと、謝罪しなくてはいけない。このように差別用語とされ、いつの間にか消えた言葉は多い。

ポリティカル・コレクトネスの件は一旦脇に置いて、とにかくいまはこの美容師アシスタントの若い女性に、正しい題名を教えなければと思った。なぜならわたしもずっとこの映画のタイトルを「きぐるい」と読んでいた過去があるから。彼女に放送禁止用語のくだりを伝え、さらに「テレビで放映するときはわざと『きぐるい』って読んだりもするらしいけどね」と注釈を添えておいた。彼女は「へえ～そうなんですね！」と目を輝かせた。

ジャン＝リュック・ゴダール監督の名作『気狂いピエロ』のことを、もっと詳しく教えたい。きっと彼女がその映画のタイトルを知っているのは、ヒロインを演じる女優アンナ・カリーナの魅力やファッションを、女性誌がたびたび紹介しているからだろう。私もそうやって、女優の美しさや着こなしに惹かれて、こういう映画を観るようになった。

いま、目の前に、十五年前の自分がいる。この若い芽を大切にしなければ。文化系というべきかサブカルと呼ぶべきか、この手の映画に興味を示す若者は年々減っていると聞く。この貴重な機会に、若い彼女に、素敵なフランス映画を伝道しなければ！

しかしここでわたしは、ぐっと丹田《たんでん》に力を込め、己を制した。わたしは鬱陶しい映画ファンであると同時に女性でもあるので、この一連の現象に付けられた名前を知っているのだ。

【マンスプレイニング】
訊かれてもいない質問に勝手に答え、悦に入りながら長々と説明して相手を困らせる行為。

主に男性が女性にやりがちなので、man（男）とexplain（説明する）がかけ合わされている。レベッカ・ソルニットの著作『説教したがる男たち（Men Explain Things to Me）』（左右社）から派生して誕生し、二〇一〇年頃に広まった。ネット時代に山のように出現した中でも、指折りの新語だ。

この言葉を知ったときは、「うまいこと言うもんだなぁ」と感心した。たしかにある種の男性は、とくに若い女性を無知と決めてかかっていることが多く、やや見下した調子で偉そうに語ってしまうことがある、訊かれてもいないのに。

彼らの気持ちがいまわかった。

説明したい！

このうら若き女性に、ヌーヴェル・ヴァーグのこととか語りたぁ～い！

だが、待て、わたし。彼女が「へえ～そうなんですね！」と目を輝かせたのは、ただの相槌だったんじゃないか？　若い女性の目は概ね輝いているし、リアクションも潑剌《はつらつ》としている。本当に興味を持って深く知りたければ、教えてほしいと言うだろう。

なにより、彼女は差別用語をお客様であるわたしの前で口にするのをはばかって、気を遣ってわざと「きぐるい」と言い換えたのかもしれない。

そのうち「マンスプレイニング」が男性差別の言葉だと、使えなくなる日も来たりして。

short story

一九八九年から来た女

どういう仕組みでそんな現象が起こったのかはわからないけれど、ともかくそれは起こったのである。ある朝、彼女が目を覚ますと、そこは三十年後の日本だった。けれどそのことに、彼女はまだ気づいていない。

ベッドで起き上がると彼女は「うーん」とひとつ伸びをした。ボーイフレンドから借りた白いシャツをパジャマがわりにして、下は小さなパンティ一枚。起き抜けのソバージュヘアーに気怠く手ぐしを入れる姿は、羽を広げる発情期の孔雀のように優雅でセクシーだ。強情そうな太い眉、爪には真っ赤なマニキュア。まだ二十二歳だが、酸いも甘いも嚙み分けた大人の女の顔をしている。

彼女はフローリングの床に置いたラジカセのボタンを押し、THE SQUARE の『OMENS OF LOVE』を流す。ひどい低血圧で朝は苦手だけれど、この曲を聴けばいつどんなときでもご機嫌になれた。念入りに朝シャンし、歯ブラシをくわえて観葉植物に水をやり、ジーンズを穿いて、ブルーマウンテンのコーヒーを一口啜る。それから教科書をブックバンドでまとめて外へ出た。

ガードレールに腰掛け、彼女はそわそわと、手首の内側につけた腕時計の文字盤を睨みつける。「おっかしいなぁ」

いつもならこの時間、彼女が一人暮らしするマンションの前に、ボーイフレンドがトヨタのセリカで乗りつけ、大学まで送ってくれるんだけど。彼は彼女にぞっこんで、二人はサイパンに卒業旅行に行く約束をしている。

ボーイフレンドを待つのはやめにして、彼女は歩き出した。そもそも、わざわざ車で行くような距離じゃなかった。彼女は青山通りから少し入った閑静なエリアに住んでいて、大学のキャンパスまでは歩いてせいぜい十分だ。だけど、徒歩で学校に行くなんていかにもかったるいし、ちょっとカッコ悪い。朝のドライブがてら渋谷をひとまわりして、正門の前でセリカからすらりと脚を下ろし、自分を見せびらかすように登場するのを彼女は好む。あとでボーイフレンドになんて言ってやろうと考えながら、彼女は素足に履いたローファーでキャンパスを目指した。

「まったくもう。あたしのこと大事にしないんなら、いくらでもほかの男の子と取り替えてやるんだから！」

彼女は根っからお姫様体質なのだ。それにいまのボーイフレンドだって、セリカに乗り換えたというので、アッシーから恋人に昇格したわけだし。彼女にはイタ飯をごちそうしてくれるメッシーくんもいるし、ティファニーのオープンハートを贈ってくれるミツグくんだっている。だから、いくらボーイフレンドだからって、朝のお迎えをサボるなんて許せない。男のくせに調子に乗ってる。恋の主導権を握るのは、いつだってあたしたち女なんだから。

そうして彼女は表参道の交差点で立ち止まると、なんだかおかしいぞと、異変に気がついた。街が動き出すまでの朝の時間は、店はシャッターを下ろし、そりゃあさびしいものだけど、今日はどうも様子が違う。山陽堂書店だけはいつもどおりだ。けれど通りの向こうのビルに、青い看板を出している銀行の名前には見覚えすらなかった。それに、人々の動きも奇妙だ。赤信号で足止めを食う誰もが、板チョコみたいな大きさの、薄い板状のものを手に持って、眉間にしわを寄せてじっと覗き込んだり、人差し指で上下左右に撫でたりしている。ふと見ると、となりに立っている男の子が耳の穴に白い綿を詰めているので、彼女は思わずぎょっとした。死んだおじいちゃんがお棺の中で、鼻の穴に綿を詰められていたのを思い出すけど、よく見るとそれは勾玉《まがたま》のようでもあり、つるりとしたプラスチックの質感だった。

「ちょっとやだ、なぁにぃ？」

彼女は怪訝そうにAirPodsを凝視した。

街ゆく人々の格好も変だった。ダブルのスーツはどうしたの？　肩パッドは？　ワンレングスもボディコンも、ゴールドチェーンのベルトをつけた女もどこにも見当たらない。なんだかみんなスカした感じのする、ひどく退屈な格好をしていた。

なにより彼女が敏感に嗅ぎ取ったのは空気だった。

よそよそしく、殺伐として、どこか冷笑的な空気。もちろんそれが東京みたいな都会につきものなのは知っているけれど、あくまでスパイス的にまぶされているものだった。東京の街を歩けば、いつもなにか素敵なことがはじまりそうな予感がしたし、たとえどんな嫌なことがあってもディスコで踊ればハッピーだった。その気になればみんなと友達になれそうな空気。そう、あの空気が、今朝は欠片《かけら》も感じられないのだ。

そのせいか彼女は、二〇一九年の朝の青山通りを歩くだけで、まるでカルキを抜いていない水道水をなみなみ注がれた金魚鉢の金魚みたいに、少しずつ少しずつ、本人も気づかないうちに、元気がなくなっていった。急ぎ足の人波にもまれるうち、これまで感じたことのない孤独をヒタヒタ感じた。

「ダメダメ！　どうしたのよあたしったら！　なにしょげてるのよ！」

なんだか急に、根暗になったみたい。ヤダ、根暗なんてダメ！　気を取り直し、彼女は正門をくぐると、近くにいた女の子たちに元気いっぱいに挨拶した。

「おっはよー！」

女の子たちは一斉にふり向いた。その様子に、彼女はハッと息を呑む。

不思議な光景だった。女の子たちはみんな、血の繋がった姉妹みたいによく似ていた。同じような髪の色で、同じような髪の長さで、そういう校則でもあるみたいに、前髪をくるりんとさせている。ベージュがかったふんわりした色味で全身が統一されて、襟や袖は小学生の女の子が着るようにひらひらしている。そしてみな極度な内股で弱々しく歩いていた。

そのうちの一人が彼女を見てこう言った。

「やば、個性つよ……」

もう一人の女の子が、さらにこうつぶやく。

「エイティーズ……。完成度たっか！」

すると、カシャ、カシャ、というシャッター音がどこからともなく聞こえてきた。

ふり返ると人だかりができていた。彼女を遠巻きに取り囲む人々は、例の板チョコみたいな物体を、無表情でこちらにかざしている。

「え、なに？？？」

うろたえる彼女に突然、キリッとした顔つきの女の子が声をかけてきた。

「ちょっとちょっと、そんな面白い格好して歩いてたら、あっという間にツイッターに晒されるよ！　こっち来て！」

手を引かれて駆け出す。

連れて行かれたのは礼拝堂だった。声が響かないようにひそめながら、

「ああ……ほらね。もう上がってる」その子は落胆の声を出した。

差し出された画面を覗き込むと、そこには真っ黒のソバージュヘアーを風にそよがせ、真っ赤なルージュをさした、彼女の姿が写っていた。〈本物いて草　#80年代〉

というキャプションとともに。

「草？　草ってなに？　どういうこと？」

「ワロタってことでしょ。ｗだよ、ｗｗｗ。横に並べたら草に見えるでしょ？」

「え？？？　は？？？」彼女は混乱するばかりだ。

「好きな格好するのはいいけど、とにかく気をつけないと。勝手に人の写真撮って中傷するようなコメントつけてＳＮＳにさらして、そのリツイート数で承認欲求満たそうとする輩があちこちに潜んでるんだから！」

その言葉は彼女の耳に、まったく意味不明に響いた。どこから質問すればいいかもわからない。そうこうするうちに、礼拝堂には何人か女の子が集まってきた。どうやらここは彼女たちの秘密基地のようだ。なかには友達に付き添われ、泣いている子もいる。聞けば、飲み会で酔わされ、好きでもない男の子とセックスしてしまったという。ずっとモヤモヤしていたけれど、#MeToo に勇気をもらい、やっぱりあれはレイプだったと認める決心がついたのだと言った。

「なぁ〜んだ、そんなことぉ？」

彼女はソバージュヘアーを豪快にかきあげて今井美樹のように爽やかに笑った。これはあたしの専門分野ね、とでも言いたげに豪語する。

「別に泣くようなことじゃないじゃなーい。あとでたっぷり貢がせればチャラよ、チャラ。減るもんじゃないんだし。でしょう？」

その瞬間、礼拝堂に災害級のブリザードが吹き荒れた。

「……え？　あたしなにかマズいこと言った？」

〝量産型〟を自称する聡明な女子大生たちの手際のいいレクチャーによって、一九八九年から来た女は、あっという間にジェンダー的な問題点を飲み込んだ。

「やだ……あたしってば、まるで中身がオジサンだったってことね」

女の子たちは赤べこみたいに一斉にうなずいた。

アッシーだメッシーだと呼ばれても自分をちやほやしてくれているのは、彼らがセックスしたいからだ。そういう行動原理で女の子を軽く扱う男たちは、やがて自分が権力を持ったとき、今度は別のものを交換条件に女の子にセックスを迫るだろう。

「つまり大勢の男の子からちやほやされることでヤッホーって気分になるのは、承認欲求が満たされてるってことね。でも若い女だからってちやほやされてることで、都合よく誤魔化されてるものがたくさんある。あたしは自分の性的魅力によって男を支配してるみたいに思って調子に乗ってるけど、それって世の中の空気にノセられて、求められてるイイ女を演じているだけなのかも。実際、男物のシャツを羽織って小さなパンティ一枚で寝るのって、そうすれば男が喜ぶからだもんね？　なのにあたしったら、男が泊まってなくてもわざわざそんなお腹の冷える格好でベッドに入ってた。それって完全に、男の理想像を演じるのが癖になってるってことだし、ひいては中年男性的な価値観を内面化してたってこと！　いくら男にちやほやされたって、このさき景気が悪くなってお金がなくなったら男なんて手のひら返したみたいにケチ臭くなって、女の子をお姫様みたいに扱うこともなくなる。ていうか逆に、結婚なんてしたら奴隷みたいにタダでごはん作らされたりトイレ掃除やらされることになる。こういう女性に対する搾取的な性差別構造の罠にハマらないようにするために、男に頼らなくても生きていけるよう経済的にも精神的にも自立すべきだし、なにより性暴力は完全にアウトな重要犯罪。そういうことね？」

女の子たちは無言でコクコクうなずいた。

essay

夢の上げ膳据え膳

身の回りのすべてを人の世話になり、自分はなにもしなくていいことを、ことわざで「上げ膳据え膳」という。わたしの夢だ。

別にすべてじゃなくていい。洗濯やトイレ掃除やベッドメイクやアイロンがけは自分でやるけれど、せめて食事の支度だけでも誰かがやってくれたらなぁとつくづく思う。美味しいものが好きだ。とりわけ、家で食べる美味しいものが。しかし己《おのれ》で料理しない限り、家飯は食べられない。これは悲劇だ。

この半年ずっと、『土鍋だから、おいしい料理』という本に載っている「いかの洋風わた炒め」を食べたい食べたいと熱望している。土鍋を使い、いかとわたをオリーブ油と鷹の爪とにんにくで炒め、白ワインとパセリとレモンで仕上げる。残ったソースでシメのパスタにもアレンジできる。食べたい！

しかしそのためには、スルメイカ（大）を丸々さばき、内臓ごと足を抜いて肝を取り出さなくてはいけない。怖い……。でもやるしかない。その覚悟はできているのだが、未だに作れていない。肝を使うから新鮮なスルメイカを用意しなければならず、これが思いのほか難しいのだ。

新鮮なスルメイカ（大）を入手するには、近所のスーパーではだめだ。それなりの店に足をのばさなくてはいけない。自転車か、バスで行く必要がある。スルメイカを買い次第、傷まないうちに帰宅して冷蔵庫に入れなくてはならず、ついでの用事がなにもできない。つまりその日は、スルメイカのためだけに捧げなくてはいけない。手帳を開き、スルメイカのためだけに空けられる日を探す。そんな日などない。

一度、意を決してスルメイカを買ったことがあるのだが、フライングに終わっている。いろいろ用事ができて、いかのわたを抜いている場合ではなくなり、スルメイカがチルド室の中で二日ほど経過。新鮮でなくなってしまった。仕方なく、輪切りにしてトマトと醤油で炒めた。美味しかったけど、妥協の味だ。

「今晩なに食べたい？」と訊かれて、「いかの洋風わた炒め」とリクエストしたら、午後七時には食卓に用意されているなんて、人類最大の夢だろう。上げ膳据え膳っていいなぁ〜。

実はわたしも、以前は上げ膳据え膳の生活を送っていた。朝起きてパジャマ姿でテレビを見ていると、母がお膳に載せた朝食をスチャッと置く。わたしは「うむ（ありがとうの意）」と言って食べ、食べ終わったのを察知するなり、母がお膳を下げてくれた。そのときは気づかなかったけれど、あれがわが人生最良の時だった。そして母にとっては最悪だっただろう。

いまわたしは限りなく、あのときの母の立場だ。共働きだし子どももいないが、頭の中の何割かは、夫と食べる夕飯の献立に支配されている。わたしが奮起してキッチンに向かわなければ、食べるものがなにも出てこない。

外食もするし、出前もとる。夫が作る日もある。食材宅配サービスを利用し、食洗機も買った。手間が減るための手は尽くしている。だけど、すべてから逃れられるわけじゃない。

昨晩のメニューはヒレカツだった。執筆の手を止め、わたしはヒレ肉をすりこぎ棒でベシベシと叩いた。そして塩コショウをこれでもかと振った。せめて自分の食べたいものを、好きな味付けにしないと報われない。

果たして年内に、「いかの洋風わた炒め」を食べることができるのだろうか。食べられないに、十万円賭けてもいい。

きみは家のことなんかなにもしなくていいよ

朝はいつも六時に起きます。目覚めはすごくよくて、目覚まし時計が鳴る前に、朝の光で自然に目が覚めるんです。うちの窓はすべてUV加工が施されているから、日焼け止めを塗らずに朝から太陽をさんさんと浴びても大丈夫。わが家は家賃の安い賃貸マンションのわりに、気が利いた機能に満ち溢れています。セントラル・ヒーティングなので部屋は常に適温に保たれ、夏は京都の町家かと思うほど風が心地よく通り抜けます。とにかく夏涼しく冬暖かいです。

目を覚ますと、わたしはまず大量の水をヤカンに入れて強火にかけます。アーユルヴェーダが推奨している白湯《さゆ》を作っているんです。十五分ほど沸騰させたお湯をサーモスのポットに入れて、一日かけて飲みます。こうすることでデトックスされて代謝も上がるので、冬場に家から一歩も出ずお菓子ばかり食べても、絶対に太ることはありません。白湯ダイエットをはじめて以来、いつの間にか便意を自在にコントロールできる技を会得したので、便秘とも無縁。宿便も思うがままに出せます。そのためお腹はいつもぺたんこです。膨満感なんて感じたこともありません。

それから、洗濯機を回している間に簡単な朝食を作ります。朝はスムージーと決まっていて、バイタミックスの高額ミキサーに、小松菜やバナナやグレープフルーツを入れてボタンを押せば完成。ゆっくり時間をかけて、体に染み渡らせるように飲みます。

そうこうしているうちに洗濯が終わったのでベランダに干しに行きます。うちのベランダは三十平米くらいあるので、洗濯物が風にたなびく様を見ているだけですごく気持ちいいです。なぜか毎日快晴なので、すぐに乾いてしまいます。ちなみに洗濯物はのちほど、同居している彼氏が取り込んできれいに畳んで、クローゼットの引き出しの中にきちんと戻してくれます。

干し終わるとデッキ・チェア脇のテーブルに、いつの間にか新聞とコーヒーが用意されているので、そのままチェアに寝そべって見出しに目を通します。新聞には気持ちが前向きになるようなニュースが溢れています。内閣の半数が女性大臣で占められ、政治家は弱者に優しい政策を打ち出し、次々実現させています。経済は安定した好景気、もちろん税金の無駄使いもナシ！　おかげで作家業も好調で、これまでに出した本百冊は次から次に重版がかかり、お金の心配をする必要もありません。利益を還元せねばと思い、手はじめに「Because I am a Girl」キャンペーンに参加して、月額五〇〇〇円の寄付をすることにしました。

そのあとはヨガをして、ピラティスをして、ジョギングもして、シャワーを浴びてからお化粧します。化粧ノリは毎日最高です。パウダーが肌に吸い付くように密着し、そして崩れません。肌はとくになにもしなくても、二十歳の娘のように輝いています。クローゼットから今日着たい服を選んで袖を通します。洋服の手入れが行き届いているから、どれもシミ汚れナシ！　まるで雑誌の着回し30 daysのように、完璧なコーディネートのアイデアが泉のごとく湧き出してきます。メイクはその日のお洋服に合わせて微妙に変えているので、自分の顔に飽きることもなく、毎日新鮮でいられます。仕上げに口紅を塗って香水をふります。その口紅の色も、香水の香りも、完璧にわたしにマッチしたものです。女性からは「素敵な人ね！」と賞賛され、道行く男性からは二度見される、そんな女の完成。これで時刻はまだ八時前です。

書き忘れましたが、クローゼットにはシンプルで上質なアイテムが余すところなく網羅されています。カシミアのニット、エルメスのバッグ、ルブタンの黒いパンプス、ダイヤのピアス……。女性ならばいつかは欲しいと思うアイテムをすべて持っていて、その上どれもすごく似合います。汎用性の高いワンピースをたくさん持っているので、不意の取材にも着るもので困ることはありません。基本的にはシンプルな格好をし、小物でアクセントをつけています。それがオシャレの秘訣であり、クローゼットを満杯にしないコツです。引き出しの中には世界各地の蚤の市で集めたコスチュームジュエリーが並んでいます。自分らしい格好ができると本当に気持ちがいいものですが、わたしは毎日そんな感じです。なんの苦もなく、いつも素敵です。彼氏はわたしを見るたびに、「今日も可愛いね！」「ぼくのお姫様」と声をかけてくれます。その言葉のおかげでわたしはますます輝きます。

そして朝八時になるとＮＨＫにチャンネルを合わせ、『あまちゃん』を観ます。わたしの世界では『あまちゃん』第二シーズンが絶賛放映中。『あまちゃん』は海外ドラマのように、人気がある限り永久に続くのです。ちなみに『あまちゃんシーズン

2』は、北三陸を舞台にしたぬるいシチュエーションコメディです。

観終わるとパソコンを持って、歩いて三分のところにあるカフェ・ド・フロールへ行きます。テラスは地元民と観光客が入り混じってすごい活気ですが、わたしの定席は二階。ゆったり落ち着いたテーブル席に愛用のMacBook Airを広げ、六時間ほど過ごします。お腹が空けばギャルソンがパニーニとか持ってきてくれます。メニューにはないものでも、お願いすれば作ってくれます。たとえば、炊きたてご飯に刻みネギを入れた納豆と赤だしのなめこ汁、焼き魚&だし巻き卵の定食、食後に煎茶と季節の生菓子、みたいなオーダーでも、ギャルソンは快く応じてくれます。この街ではみなとても熱心に本を読むので、文筆業に携わる人間は尊敬されているのです。なので、わたしのようにカフェ・ド・フロールを大戸屋感覚で利用することも可能なのです。サルトルは毎日ここで九時間過ごしたんだとか。わたしのパソコンのバッテリーは無尽蔵なので、その気になれば九時間居座れないこともないのですが、執筆ばかりでは心身が消耗してしまうので、適当なところで切り上げるようにしています。だいたい印税生活なので、小説の〆切も、あってないようなものです。

午後三時過ぎにはここを出て、それから街をぶらぶらします。わたしの街にはシネコンも名画座もあり、観たい映画に困ることはありません。逆に、観たい映画がありすぎて困るという事態にもならないよう、いつも絶妙なプログラムが組まれています。たっぷり二時間映画を楽しみ、外に出るとちょうど夕暮れ時。本屋さんをのぞき、欲しかった本を手に入れると、カフェで一休み。美味しいコーヒーを飲みながらパラパラめくっていると、あっという間に一時間が経ちます。わたしは速読ができるので、一時間もあれば古典文学の一冊くらいすぐに読めてしまいます。なので、もちろん積《つん》読《どく》とは無縁です。部屋の本棚から、積読本が溢れ出ていることなんてまずありません。部屋には、無限に本を収納できる本棚が完備されています。

カフェで本を読み終わるころ、仕事を終えた彼氏と合流して食事に行きます。今日は行きつけのイタリア料理のお店にしました。たことアボカドのサラダ、新鮮な鯛のカルパッチョ、貝の旨みが濃厚に染みだしたガーリックオイル煮、そして生ウニのクリームパスタ。わたしはもちもちしたパスタに目がないのです。清潔な店内、感じのいい店員さん、そして料理はどれも最高に美味しく、ワインもちびちび飲んで、すっかりご機嫌です。ごちそうさまでした。

もちろん家で食べることもありますが、その際は彼氏が料理の腕を振るって、わたしの好きなものを作ってくれます。わたしは偏食で少食という気難しい舌と胃の持ち主ですが、彼氏はそんなわたしの特殊なところを愛してくれるので、無理に栄養価の高い野菜などを食べさせたりはしません。肉と炭水化物ばかり食べていても、「プロレスラーの食事みたいだね」なんて嫌味は言いません。そしてここが肝心なのですが、汚れた皿もぜんぶ彼氏が洗ってくれます。わたしがお皿を拭くのを手伝おうとすると、彼氏はあの、魔法の言葉を口にします。

——きみは家のことなんかなにもしなくていいよ。

ああ、わたしはその言葉を聞くたび、あまりの幸せに体を震わせます。

わたしは超気まぐれに、年に一、二回、料理を作ったりはします。大して手のかからない、豚こま肉とピーマンをオイスターソースで炒めたようなやつです。仮にまずくできても、彼氏は美味しい美味しいと、ありがたがって完食してくれます。そしてすかさずフライパンを洗ってくれます。

興が乗って掃除機でもかけようものなら、彼氏は後ろからソフトに抱きしめて、またあの言葉を囁いてくれるのです。

——きみは家のことなんかなにもしなくていいよ。

ああ、幸せ。

なんという幸せ。

その言葉を聞くたび、幸せに悶えてしまいます。

悶えすぎて夢から醒めてしまいそう。あ、醒めた。

もはやなにも書くことはありません。わたしはもう一度、彼氏が「きみは家のことなんかなにもしなくていいよ」と言ってくれる世界に戻ります。アデュー。

essay

楽しい孤独

結婚って奇妙だ。男と女がワンセットの運命共同体として、家族をつくっていく。未婚のときはそれにあこがれ、既婚のいまはブーブー愚痴をはく。結婚してみると、そもそもこのシステムはほころびが多いことに、否が応でも気づいてしまう。

夫婦の役割分担はいびつで、女性にも男性にも不満がたまるような仕組みになっている。恋愛由来の絆は当然もろく、異性はともに生活をいとなむのには向いていない組み合わせに思えるし、永続性はかなりあやしい。うまくいく割合はきわめて低いとされ、どこの夫婦も問題を抱えていることはあきらかであり、そこそこの頻度で破綻もする。それなのに、結婚イコール幸せみたいな幻想が流布されている。間違った情報の拡散としか思えない。

結婚は、まじめくさった顔でわたしたちを悩ませる。かといって結婚のよさを語ると「のろけだ！」と一蹴されたりするから厄介だ。昔とちがって横一列に、誰も彼もが結婚していくことはない現代。いろんな方向に気を配りながら語らなくちゃいけなくて、これは正直とても面倒くさい。

でもまあ自分の浅い経験から、冷静に、できるだけ客観的に、結婚してよかったなぁと思うことを語るとするなら、それが「一対一」であることにつきる。結婚した以上、ほかの誰とも交換のきかない存在がひとり決まる。これはとても心安らぐものだ。

思えばわたしの前半生は、この〝ひとり〟を求めて、それが叶わなかった歴史である。恋人にかぎったことではなく、むしろ友だち関係がそうだった。グループで複数の人と仲良くするのが苦手で、気のおけない友だちはいつもひとりだった。でも友だちの場合のひとりは、とても流動的で不安定なもの。クラス替えや卒業など、環境の変化やちょっとしたいざこざで揺れ動く。無二の親友とだって、いつまでもベタベタできない。どんなに気が合っても、友だちとはいつかははなれて、別々の場所で自分の人生を生きなくちゃいけないから。結婚というシステムが機能しているかぎり。

世の中には、友だちにしろ恋人にしろ、ひとりの相手に満足することが苦手な人もいて、そういう人にとって結婚は、苦痛以外のなにものでもないだろう。でもわたしの場合、それがよかった。人脈を作ったりグループを束ねたりすることは大の苦手だけど、ひとりの相手となんでも話せる関係を築くことは好きだし、得意なのだ。時間をかけて距離をつめ、腹を割って話し、コミュニケーションをかさねる。相手の味方になり、なにか起きれば一緒に問題解決していく。いやなところを見せ合って、みっともなさを共有し、情けない思いをともに味わって、笑う。最近ケンカばっかりだなと思ったらすかさずデートしたりして、関係性の修復につとめる。そうやってたったひとりとの仲をじっくり深められて、しかもそれが推奨されているなんて、「こりゃいいなぁ」としみじみ思うのだ。

と同時に、夫婦という関係は閉じていて、とても孤独。だけどわたしにとって、二人きりの孤独は、実に居心地のいい、楽しい孤独なのだ。

essay

ドイツ語に「懐かしい」はない

《いくら長生きしても、最初の二十年こそ人生の一番長い半分だ》という、イギリスの詩人ロバート・サウジーの名言がある。まったくもってその通りだと思う。八十歳を過ぎて認知症になったお年寄りは、自分がさっきとった食事のことも忘れてしまうが、昔のことはよく憶えているという。若い頃の思い出は、知らず知らずのうちに自分の内側に強烈に刻み込まれているらしい。

ポール・オースターの小説『オラクル・ナイト』の中に、リチャードという男が出てくる。片田舎の中年男らしい粗野な人物で、「詩のかけらもない男、ドアの把手ほどの感受性もない男」とさんざんな描写をされている。そのリチャードがある日ガレージで、古い３Ｄビューアーを見つける。三十年前の自分の姿、家族の姿が映し出されるやいなや、リチャードは魅入られたようになる。「リチャードは十二枚を全部見た。みんながそこにいたんだ、と彼は言った。両親、いとこたち、おじやおば、姉、姉の友人たち、そして彼自身。（略）みんな馬鹿みたいに生き生きと、カメラに向かって誇張した表情を見せている」。その映像を見るなり、リチャードの目から涙があふれ出した。そして「体の中が空っぽになるまで、しくしく泣いたんだ」。

人は《人生の一番長い半分》を過ぎると、どんどん図太くなっていく生き物だ。現実的になり、放っておけば詩とも感受性とも無縁の、がさつな大人になっていく。リチャードのエピソードは、人間の体のどこかに、過去への憧憬がぱんぱんに詰まったタンクがあることを教えてくれる。そしてそのタンクが、人間性のコアの部分に直結しているということも。ある種の人間らしさをキープしたいと思うなら、時には立ち止まって、過去を振り返るのも一つの手かもしれない。

本屋さんで、『ファンシーメイト』という本を手に取った。一九八〇年代に世の中にあふれていたファンシーグッズを集めた一冊。「うちのタマ知りませんか？」や、ミスドのオサムグッズ。ペンギンやキツネやウサギをフィーチャーした、清里感いっぱいのおみやげ品が網羅されている。本をめくった瞬間、わたしは完全に『オラクル・ナイト』のリチャード状態に陥った。

ずっと忘れていたけれど、たしかに知っている、懐かしいものたち。子供時代の自分を取り巻いていた、世界の破片がそこに凝縮されていた。リチャード同様しくしくとむせび泣きたい気持ちをこらえ、レジに持って行った。

この手の懐かしさを呼び覚ますトリガーグッズは、見つけるとつい買ってしまう。でも、あんまり見過ぎると目が慣れて、あの「じゅわぁっ」と沁み出るような懐かしさが感じられなくなってしまうから、たまにしか開かないようにしている。思い出はウイスキーを舐めるように、ゆっくりと大切に味わわなくてはいけない。ウイスキー飲めないけど。

ところで、「懐かしい」に相当する言葉は、ドイツ語には存在しないらしい。そのことに関しての質問に対するYahoo! 知恵袋のベストアンサーが秀逸だった。

「(ドイツ人の) 視点が常に先に（未来に）向けられているからかも知れません」

たしかに日本人がウェット過ぎるのかも。ドイツでは駅の見送りも、いつまでも窓越しに手を振ってないでさっさと立ち去るのだという。そういうクールな国民性も、それはそれでかっこいい。

日本人ならみんなウェットかというとそうでもない。以前、ティーン雑誌『オリーブ』の黄金期に編集長をつとめた方を招いて、あの頃の話を拝聴しようというイベントに行ったことがある。登壇した元・編集長は、「あの頃」を求めるわたしたちの熱気に首を傾げながら、「過去のことには興味がないから、話すことはなにもない」の一点張りだった。彼女は、いま作っている雑誌の話、これから作りたい雑誌の話をしたくてうずうずしているようだった。

ああ、本当の都会人は、こうなのかもしれないと思った。ナチュラルに前しか向いてない。カッコいい。憧れる。でもわたしは、どうしても、『ファンシーメイト』で泣いちゃうんだよなぁ。

short story

五十歳

その日の朝、一杯目のコーヒーに口をつけながら、スマホに表示された祝福の通知を見てはたと気がつきました。

——ああ、誕生日か。今日で五十歳になったんだ。

わたしが生まれたのは一九八〇年。ミレニアムを二十歳で、東日本大震災をだいたい三十歳で、東京オリンピックを四十歳で迎えていることになります。

十年前に開催された東京オリンピックのことは、正直もうよく憶えていません。もともとオリンピックに興味がないのと、感動を煽ってくる報道にうんざりしてしまう方だから、あの時期はろくにテレビもつけなかった。でも、二〇一三年に東京オリンピックの開催が決まったときのことはなぜだかはっきり記憶していて、IOC会長が「トーキョー」と読み上げたイントネーションまで耳に残っています。あのときはみんな、七年後の自分をあれこれ想像したものでした。わたしだってそう。四十歳になった自分はどういう女性になっているか、どんな人生を歩んでいるか、都合のいい妄想をしてはにやけたり。まだ若かったのです。

たしかわたしは、四十歳になった自分は、少なくとも結婚して子どもの一人くらいはいるだろうなと想像しました。結婚相手も見つかっていないのに。なにしろ七年後でしたから、人生がどう転んだっておかしくないほど可能性があったんです。わたしは高騰が予想される東京のマンション価格の心配さえしました。子どもも授かっていないうちから、保育園のことや仕事と家事育児の両立のことを考えて、暗澹《あんたん》とした気持ちにもなりました。

けれど、そんなのはぜんぶ杞憂に終わりました。わたしにおとずれた未来はこうです。結婚を考えられるような男性とは出会わず、長年仕事をもらっていた雑誌社が潰れたのを機に東京を引き払って、四十代にしてすごすごと、親元へ帰ったのでした。

老齢の両親を助けるため、という口実で帰郷したころはピンピンしていたその両親が、数年のうちにふたりともあっけなく亡くなり、生家でひとり暮らしの身となって、もう二年が経ちます。わたしがいま寝起きしているのは、かつて自分が子ども部屋として使っていた六畳の洋間。本棚には高校時代の英語の参考書や古語辞典がいまだに並び、片付けても片付けても、どこからともなくサンリオのファンシーグッズが転り出てきて懐かしさに悶絶させられる、そんな部屋です。本当は東京で、それなりに趣味のいい部屋で暮らしていたし、海外旅行先で買い集めたアンティークなんかも持っているけれど、混沌とした実家でそんなもの広げてもぜんぶ嘘っぽいだけで逆に虚しいかなと思って、段ボールにしまい込んだままにしてあるのでした。それにいきなり帰ってきたわたしが突然、自分の趣味を振りかざして、「アルミの窓枠なんてありえない。北欧みたいな木のやつに変えようよ」などと実家のリフォームに手をつけたりしたら、両親が積み重ねてきた生活を否定していることになりかねないと、遠慮した部分もありました。

じゃあなぜ両親が亡くなったいまも、そんな時間の止まった部屋のままにしているのかというと、両親が健在だったときの気配がなくなるのが、さびしくてたまらなかったからでした。両親とはそれなりに衝突もしたけれど——その理由の多くはわたしが独身で、子どもがいないことでした——自分の親がこの世から退場し、時間が経てば経つほど、わたしは彼らと話をしたくてたまらなくなりました。腰が痛いとか目がかすむとか、白髪が次から次に生えてきて手に負えないとか、肌がくすむとかたるむとか、老後が心配でときどき眠れないとか、昔が懐かしくてたまらない、なんて話をしてみたかったなぁと。じめじめした台所、どっしり重たい食器棚に囲まれ、ビニール製の花柄テーブルクロスには父親がまだタバコを吸っていたころに焦がした跡が残る。居心地がいいような悪いような、よくわからない家。

洗面所に行き鏡をのぞきこむと、すっぴんの自分がほとんどおばあさんに見えるのにぎょっとしました。八十歳を迎えるほんの少し手前で亡くなった母にそっくりなのです。日焼け止めクリームと化粧下地、リキッドファンデーションをぺたぺた塗りかさねてお粉をたっぷりはたき、眉毛を描き足してアイラインをうすく引いて濃いめの口紅をつけたら、どうにか〝おばさん〟に戻ってほっとします。鏡に向かってやれやれと苦笑い。それが五十歳のわたしでした。

まったく想像していなかった未来がここにあります。

わたしはいまや独身で実家ぐらしの、五十歳の女なのです。

＊

午前八時、うちから三十分ほど車を走らせ、新興住宅街の外れで車を停めました。目印になるようなものはなにもないけれど、グーグルマップによると間違いなくそこが指定された待ち合わせ場所です。

五分、十分と待てど、誰も現れません。

ハンドルの横にセットしてある旧型の iPhone に向かって声をかけます。

「ヘイ Siri、ここで本当に合ってるの？」

〈わたしを疑うんですか？〉

朝の Siri は少々性格がキツいです。

「あ、ごめん」

〈ほら、来ましたよ〉

Siri の言うとおり、水路の脇を若い女性がひとり歩いて来ました。デニムのミニスカートにコンバースのオールスター、紺色のシャツを羽織って茶色い革のショルダーバッグを肩にかけた女の子です。きょろきょろと辺りを見回すその子に向かって、わたしは窓を開けて声をかけました。

「柏原結衣さん？」

こくりとうなずく彼女に「乗って」と指示を出し、

「はじめまして、牧野です。今日はよろしくね」

わたしは努めて優しく、カジュアルに声をかけました。若い女の子からすると、五十歳の女はさぞかし怖い存在でしょうから。

「……よろしくお願いします」

柏原さんは目を合わせずにぺこっと頭を下げました。

わたしはさっそく車を発進させます。

勤務先である市役所から、新たに採用した嘱託職員を研修として同行させるよう、指示をもらっていたのでした。ちらちら隣をうかがうと、柏原さんはまだ二十歳になるかならないかといった年格好で、わたしの目には完全に子どもに見えます。

「研修は今日がはじめて？」

「はい」

「車は持ってる？　この仕事、自家用車を使うんだけど」

「持ってます。親が貸してくれるって。あのぅ」

「なに、質問？」

赤信号につかまりブレーキを踏みながら、柏原さんに目をやりました。

「これ、ボリューム上げてもいいですか？」

「……どうぞ」

うれしそうに音量ボタンをぽちぽち押す柏原さんを見て、たずねました。

「好きなの？　マイケル・ジャクソン」

「はい！　大好きです」

その「大好き」は、とてつもなく強度のあるストレートさで発信され、わたしは思わず面食らいました。わたしもずいぶん昔は——せいぜい二十五歳くらいまでは——好きなミュージシャンに対してこのくらいまっすぐで熱かったなあと。

「あれ、でも柏原さんて、もしかしてマイケルが死んでから生まれてるんじゃない？」

「マイケル・ジャクソンが死んだ次の年ですね」

「へぇー」

思わず感心して言いましたが、でもそれが全然大したことでないのに、すぐ気がつきました。わたしだってジョン・レノンが死んだ年に生まれたけど、ビートルズのCDをお小遣いを貯めて買ったものです。

「いまの若い子も、マイケル・ジャクソンとか聴くんだ」

「みんなではないですね。あたしは親の影響で、二十世紀後半の音楽がわりと好きなんで」

「二十世紀後半の音楽……」

その大ざっぱなまとめ方に、少なからずショックを受けてしまいました。

「あのぅ、この仕事、長いんですか？」

柏原さんに訊かれ、首を振ります。

「まだ二年くらいかな。ずっと東京にいて、こっちに戻ってからは、最初は予備校講師。受験生に英語教えてたの」

でもその予備校も、数年前に少子化のあおりで閉校してしまいました。その次にはじめた生涯学習センターの英会話教室も、定員割れがつづいてほどなくクローズ。自動翻訳の機能が飛躍的に向上したおかげで、どんな難解な言葉でも同時通訳できるとあって、わざわざ英語を勉強する人がいなくなってしまったのです。

「昔はあちこちに英会話教室があって、〝駅前留学〟なんて言葉が流行ったこともあるんだよ」

そう教えると柏原さんは、「信じられない！」と純粋に驚いています。

英語は、わたしが両親から厳しく言われて身につけた、数少ないスキルでした。英語さえできればこれからの時代なんとかなるからと、父は自信たっぷりに説いたものです。それでわたしも、小学生のころから公文式で英語を習ったり、せっせと英検を受けたりしていたのですが、機械の進化に追い越されて、英語さえできれば食いっぱぐれないという当ては大きく外れてしまったのでした。

両親が亡くなったのは悲しいけれど、同時に心のどこかで、世界がこれ以上大きな変化をする前に彼らが世を去ったことに、ほっとしてもいるのでした。昭和の安定期に青春を味わった団塊世代の両親が二十一世紀を生きるのは、なかなかハードなことだったと思います。なにしろいちばんの楽しみであるテレビさえ、その操作は年々複雑なものになっていました。リモコンがスマホと連動したことで、ボタンひとつでできるはずの録画すら彼らには難しく、世の中にわからないことが増えるにしたがって、疎外感も膨らんでいったようです。電器屋の店員に勧められて買ったタブレットは電源を落としたままで、ふたりとも結局死ぬまで携帯電話、いわゆるガラケーを使っていました。そんな両親に、今後訪れるであろう社会のさまざまな変化は、受け入れがたいことだったはずです。両親は、自分たちはいい時代に生まれたねとときどき語り合っていましたが、実際そうなのです。戦争のあとに訪れたつかの間の平和と好景気と安定を経験し、ゆるやかな下降を目撃し、それほど悲惨な目には遭わず、きれいに逃げ切れたわけですから。

英語でお金を稼ぐ道を断たれ、仕方なくわたしは市役所の嘱託職員の募集に応募しました。「移動手段のない高齢者を対象にした買い物難民救済策に於ける補助職員」というのが、わたしのいまの肩書きです。首から身分証カードを下げ、自家用車でお年寄りのうちを回って、ショッピングモールや病院に連れて行ったり、ときにはネットショッピングの介助をしたりするのが主な仕事。シニア向けの個人タクシーサービスといった趣で、今日は午前に二件、午後に四件予約が入っています。

「ヘイSiri。今日の予定を教えて」

〈はい。本日の一件目は、S町五の三の山本芳子さんです。ご要望は、松田皮膚科で帯状疱疹の薬をもらうこと。そのあとショッピングモールで一週間分の食料品を買い、ついでに同二階の靴屋で、新しいウォーキングシューズを見たいそうです〉

「了解。で、二件目は何時から？」

〈二件目、小暮司郎さんは、十一時四十分に総合病院に予約が入っています。十一時までにT町二の八のお宅へ向かい、送り迎えをしてください。そのため山本芳子さんの用事は十時四十分までに終わらせなくてはいけません。全体の予定がすでに七分遅れていきます。ウォーキングシューズの件は次回以降がおすすめです〉

「サンキュー Siri」

〈どういたしまして。午後も忙しいので、ランチは十二時半までに終えた方がいいですよ〉

柏原さんは目を丸くして、

「iPhone 見たの、久しぶり……」

と感嘆し、わたしがいまだに「ヘイ Siri」と声をかけていることに、驚いています。いまはウェアラブルのものが一般的なようですが、わたしは自分が若かったころに使っていた iPhone しか使い方がわからないので、アップデートを繰り返しながらいまも愛用しているのでした。

わたしは柏原さんに、運転だけでなくスケジューリングも仕事のうちなのだと説明しました。利用者がこのシニアタクシーのサービスを使えるのは週に一回と決められていて、病院等の予約や行き先の要望を聞き、移動や買い物にかかる時間を逆算して予定を組み——と言っても実際に組んでいるのは Siri ですが——訪ねる日時を先方に連絡することになっています。その調整だけでもなかなか頭が痛いけれど、仕事のメインは車の運転であり、高齢者の介助の方です。認知症まではいかずとも、老人はみな忘れっぽいし、子どもと同じで思うように動いてはくれず、なにをするにも時間がかかるから、予定通りに行くことはまずありません。市役所から言い渡されている一日のノルマをこなそうと思うと、帰りが夜の八時を過ぎてしまうことも多く、そのわりに残業代は出なかったりと、かなりシビアな労働環境でした。でも、仕事があるだけマシです。この何年かでさまざまな職業がなくなり、失業者は激増しましたから。

「一件目の場所を教えて」

Siri はグーグルマップを起動して一件目の山本邸を表示し、道順のナビをはじめました。ところが、それに従って車を走らせるも、朝のラッシュで大通りはかなり混んでいます。

「ヘイSiri、山本芳子さんに電話をかけて」

〈はい。山本芳子さんに電話しています……〉

「もしもし山本でございます」

「あ、山本さん。シニアタクシーの牧野です、おはようございます。すみません九時のお約束でしたが、道が混んでいて十分ほど遅れそうです」

「はいはい、わかりました。お気をつけて。あ、あ、あ、待って！　いまどこかしら？　F町のコンビニエンスは過ぎちゃった？　もうね、潰れちゃったコンビニエンスなんだけど、そこの駐車場から奥の道に抜けて、三つ目の角を左に曲がって、川沿いに進んだら早いのよ」

「Siri、いまの聞いてた？」

〈山本芳子さんによる最短ルートを計測します〉

グーグルマップによるルート表示。

「あ、行けそうですね。すごい、三分後に到着予定！　すぐうかがいます」

Siriの出したマップに従って走ると、本当に三分きっかりで山本さんのお宅に着きました。庭付きの立派な家です。山本さんはちょうど玄関の鍵を閉めているところ。わたしは車から降りると、山本さんに駆け寄ってあいさつし、手を引きました。山本さんは少し膝が悪く、段差を下りるときは前のめりにころころと転がりそうになるのです。助手席に座っていた柏原さんもそれに気づいたようで車を降り、後ろのドアを開けて待機しています。なかなか気が利く子のようです。

山本さんは不思議そうに柏原さんの顔を見上げ、

「だぁれ？　牧野さんの娘さん？」

いきなりそんなことを言うので、わたしは慌てて訂正しました。

「違いますよ。今日から研修に来られている柏原さんです」

山本さんはわかっているのかいないのか、「あらそう」とにっこり鷹揚に笑います。

松田皮膚科は山本さんの自宅から車でほんの三分ほどの距離。予約してあっても待ち時間はそれなりにあり、患部を先生に見せて薬を出してもらうのに、二十分もかかってしまいました。そのあとは一路、ショッピングモールへ向かいます。

山本さんは車の中で、いかにこのタクシーサービスが素晴らしいか力説し、このサービスがはじまった経緯まで柏原さんに説明しはじめました。

「昔はねえ、年寄りでも運転してたんだけど、何年か前に規制されたのよねえ。事故が多いからって。八十歳以上はハンドル握っただけで逮捕されちゃうのよ。ひどいでしょう?」

それで多くの高齢者はちょっとした買い物や病院へ行くのさえ、車を運転してくれる人が必要になったのです。そう都合よく車に乗せてくれる家族や友だちがいるとは限らず、老人から足を奪ったと大問題になりました。でもそのおかげで、わたしは新しい仕事にありつくことができたわけです。

皮膚科は近いけれどショッピングモールは遠い。片道三十分ほどでモールに行ける場所に住む山本さんは幸せ者です。最寄りのモールまで片道二時間以上かかるようなエリアに住む人には、個別のタクシーではなく幼稚園バス方式が採用されており、お年寄りがミニバスに次々ピックアップされ、ショッピングモールへと運ばれるのです。

幹線道路沿いには大型店の空き店舗が延々連なります。この何年かで加速度的にネットショッピングが浸透し、実店舗が軒並み淘汰され、チェーン店すらみんな閉店してしまいました。スーパーやドラッグストアさえないのです。だから山本さんのように、山間部でなく市街地に住んでいても、買い物難民化する老人が後を絶たないのでした。もはや「お店」という言葉はショッピングモールと同義語で、モールの中だけはリアルの商品が並び、店員さんが笑顔で接客してくれる二十世紀的な良心が保たれていました。いまや手でさわることのできる文明は、モールの中だけに存在しているのです。

ショッピングモールには県内中の人が殺到するため、駐車場へ入るのに行列するのはざらで、週末なら二時間待たされることもあります。後部座席のお年寄りは行列にイライラしながら、「若い人はネットで買えばいいのに」とぶつくさぼやいたりも。たしかにものを買うだけならネットの方がはるかに便利です。でも厄介なことに、ただ必要なものが手に入ればそれでいいというわけではなく、人間はどこかに出かけたいとか、新商品を見てわくわくしたいとか、喧騒にまぎれてうきうき歩きたいという気持ちを持っているのです。そしていまは、昔は当たり前だったそういう楽しみを味わうことが、なかなか難しい世の中なのでした。

ショッピングモールのスーパーで、わたしは山本さんの手を引きながら歩き、柏原さんがカートを押して買い物します。山本さんはとくに買い物メモなどを用意しているわけではなく、陳列されている野菜や肉、魚を見ながら今晩はなににしようかと決めていくので、わたしたちは大いに振り回されてしまいました。少し頑固なところがある山本さんは、今日は時間がないから靴を見るのは次にしてくださいと頼んでも譲らず、もうちょっともうちょっとと、エスカレーターで二階に行こうとします。次の予定が刻々と迫り、Siriにも急かされ、仕方がないのでわたしは山本さんと柏原さんを置いて、先に二件目の小暮さんを病院に連れて行くことにしました。

「そしたらゆっくり見れますもんね?」

山本さんはご満悦ですが、柏原さんは「早く帰ってきてくださいね」と心配そうに念を押してきました。彼女の不安は大いにわかりますが、仕事のディテールはやはりお年寄りと二人きりにならないと摑めないので、いい機会と思って置いていくことにしたのでした。

それで、わたしが一度ショッピングモールをあとにして車を飛ばし、二件目の小暮司郎さんのお宅に向かって彼を病院に連れて行き、診察が終わるなり自宅へ送り届け、間髪を入れずモールに戻って二階の高齢者向けの靴屋に行くと、二人の姿が見えません。あちこちの店を探しまわっても見当たらず、どうしようと狼狽していると、柏原さんから連絡が入ったとSiriが大きな声で言いました。

〈一階でピザを食べているそうです！〉

エスカレーターをドタドタと駆け下り、それらしき店をのぞくと、山本さんが美味しそうにマルゲリータを頬張るその目の前で、柏原さんはげんなりした表情。

「ここにいたんですか……」

ハァハァ息を切らしながら二人のそばに行き、わたしはなにごともなかったような顔で「ただいま戻りました」と言いました。

「あ、牧野さん、ほら見て、いい靴でしょう」

山本さんは履き替えた新品の靴を指差しながらルンルンした調子で言います。見るとそれは、ついさっきまで山本さんが履いていたのと、寸分違《たが》わないような黒いウォーキングシューズでした。

「いい靴ですね～」

わたしがお世辞を言うのを、柏原さんは冷めた目で見ていました。

「あのう、いつもこんなに効率悪いんですか？」

山本さんを送ったあと二人きりになった車内で、柏原さんは辛抱たまらないといった様子で言いました。

「まあ、こういうトラブルはつきものかな。なにしろお年寄りってみんなマイペースだから」

「マイペースとかそういう問題じゃないと思うんですけど」

柏原さんは小一時間ひとりで山本さんの世話をして、ほとほと嫌気が差したようでした。

「さっき山本さんと二人になったとき、あなたたちは可哀想ねって言われたんです。こんな世の中を生きていかなきゃいけないなんて、気の毒だわって。それで、自分たちの世代がどれだけ恵まれていたかとか、楽しいことがいっぱいあって、いい思いもたくさん味わったかってことを、くちゃくちゃピザ嚙みながら言われて……。挙句に年金の自慢までされたんです。知ってます？　山本さんが毎月いくらもらってるか。この仕事の月給より全然いいんですよ？　でも山本さん一度も働いたことないって、ずっと専業主婦だったって、なんかそれを自慢げに言ってきて。女の人が外で働かなくちゃいけないなんて、可哀想可哀想って。わたしも最初はニコニコ笑って受け流してたけど、だんだん本気でイラっと……。なんなんでしょう、あれ。自分たちの世代が負担になってる自覚ゼロって、どういうことですかね。行政のサービスにいろんなケアをしてもらえて当然みたいな顔して」

わたしは心の中で、大いにうなずきながらハンドルを切りました。わたしもよく、そんなことを言われているのです。可哀想だわ、気の毒だわ。それに比べて自分たちの世代はよかったわぁと。わたしは彼らを、死んだ両親に置き換えることで同情し、

「そうですねぇ」とお愛想でも相槌が打てるけれど、若い柏原さんは真に受けて、モロに食らって、怒り心頭なのでした。

「だいたい贅沢すぎません？　老人ひとりひとりにこんな手厚いサービス」

「まあ、若年層の雇用確保っていう側面もあるんだけどね、この仕事」

「……なんか、自分の時間があの人たちのために取られると思うと、辛い」

柏原さんによると高校時代の同級生のほとんどが、介護福祉士やヘルパーなど、高齢者向けのケアワークに就いているという話です。この何年かで様々な職種が消滅したけれど、高齢者を相手にする仕事は機械に取って代わられることなく盤石でした。さらに選挙のたびに高齢者を優遇する政策やサービスが増える一方で、このシニア向けタクシーもそうしてはじまったものなのです。ただでさえ仕事が少ないのに、納め

た税金も高齢者のケアに使われるとあって、若い世代の不満は爆発寸前なのでした。
でも、わたしはこの仕事を、案外楽しんでもいました。運転は好きだし、誰かの役に立っているという実感もある。なにしろわたしのいまの生活は、世話を必要としてくれる人のおかげで、荒《すさ》むことなく、人間らしく保たれていました。両親を看取り、いよいよ天涯孤独の身になったわたしにとってこの仕事は、地上と自分を結ぶ命綱のような役割も兼ねていたのです。

わたしはかつて、自己実現に向かってまっしぐらに生きる、利己的な人間でした。好きなように生きたいと偉そうに豪語し、親の反対を振りきって東京へ行き、帰ってきてほしいという彼らの気持ちを無視して、都会で若さを使い尽くしてきました。あのころは、他人の役に立つ職業に就きたがる人の気持ちなど、まったく理解できませんでした。

でも人が、誰かの世話にならずに生きられる時間は、実はすごく短い。精神的、肉体的、そして経済的に自立できる期間は、せいぜい三十年です。自分はなんでもできるんだと調子に乗っていられる若い時間もまた、打ち上げられた花火のように一瞬だけ。その一瞬を、わたしは存分に味わいました。東京に行き、まがりなりにも憧れていた仕事に就いて、目が回るような忙しさを味わい、お金を稼ぐ喜びと使う喜びを知り、恋をして、海外旅行にも行き、また働いて働いて、疲れ果て、そして地元に戻ってきました。だからもう、別にいいかなぁーと思えるのです。わたしもまた人生の楽しみを、存分に味わったのだから。お年寄りにちょっと癪《しゃく》に障ることを言われても、大して腹も立たないのです。

それでいて、柏原さんがイライラする気持ちは、なんだかすごく、わかるのでした。ぬるい仕事だけど、若い子には精神的にキツいはずです。自分の時間を人のために使うのは、柏原さんには少々早すぎるのではと思いました。

午後の仕事四件をすべて終えたころには、柏原さんは疲労困憊《こんぱい》、まったく無口になって、助手席で黄昏れています。そして突然、口を開くと、

「ずっと考えてたんですけど、あたしの世代って、別に不幸じゃないと思うんです」

そんなことを言ったのでした。

「だってあたし、いまの時代しか知らないから。いまの暮らしに、なんの不満もないんです。物心ついたときにはいまみたいな感じだったし。さっきのおばあちゃんはあたしのこと可哀想とか言うけど、別にって感じで。あたしはノーダメージなのに、勝

手にそんなふうに決めつけられて憐れまれたのが、むかついただけで」

どこかで聞いたことあるような理屈だなぁと思ったら、若いころのわたしが、バブルを知っている世代の人に向かって言っていたことと、そっくり同じなのでした。物心ついたときから不況だったから、って。いい時代を知らないから耐性があるくらいしか、自慢できることがなかったのです。

「柏原さんはこの仕事、本当にやりたい?」

彼女はわたしの唐突な質問に狼狽しつつ、「やりたくは……ない」と正直に言いました。

「わたしも、やらなくていいと思う」

「え?」

うつむいていた柏原さんは顔を上げ、振り向きました。運転で前から目が離せないけれど、彼女がこちらをじっと見ているのがわかります。わたしはあえて彼女の目を見ずに、こんなふうに言いました。

「少しでもやりたいって思えることをやらないと、もったいないから。若いんだから、自己中に生きていいよ」

そしてそのツケは、あとで返せばいい。

若いうちから人のために生きられる人のことが、わたしだってうらやましいです。もしかしたらその方が、生きるのが楽なのかもしれない。きっとそうです。自分の夢や欲望を追い求めようというガッツのある人は、実は少ないのかもしれないと、ようやく気がついてきたわたしです。

自分のために生きたいと思える、迷える若い女性に幸あれ。というエールを、となりに座る柏原さんに伝えたいけれど、どう言えばちゃんと伝わるかわからなくて、ただただ気まずい沈黙が流れます。そうこうするうちに、柏原さんのお宅に着いてしまいました。

車から降りるとき柏原さんは、

「あのう、この仕事、やっぱり辞めたいです。市役所の人に、言っておいてもらってもいいですか?」

と頼んできました。

「……いいよ!」

わたしは渾身の笑顔で言いながら、反射的に親指を立てた「グーッ」のポーズが飛

び出して、非常に古臭い感じになってしまって、顔から火が出そうになりました。あんまりにもダサい自分が耐え難くて、

「お疲れさまァー」

猛スピードで車を発進させせました。

アクセルを踏み込みながら、わたしはその昔、嫌で嫌で仕方がなかったアルバイトを、ブッチしてやったときの爽快感を、思い出していました。飛び跳ねて踊り出したくなるような、あの最高の高揚感。

柏原さんもいま、そんな気持ちかなぁ？

＊

家へ帰るとわたしはまず、父と母の遺影に手を合わせます。

今日で五十歳――。

かつての自分に似た若いお嬢さんに、あんなことを言えるようになって、なんだかやっとわたしは、大人になれたのかもしれないなぁと思ったのでした。いや違う。仕事辞めていいよなんて言う大人、大人ではありません。だからまだまだわたしは、本

当の大人とは言い切れない、ちょっとだけ変な大人なのでした。

でも、それでいいのです。

自分のダメなところも受け入れて、「まあ、こんなもんでしょう」と思える五十歳になった。自分が若かったとき、言ってほしかったことを言えた。わたしにしては上出来ではないですか。

それからほどなく無人運転の自動車が実用化され、「移動手段のない高齢者を対象にした買い物難民救済策に於ける補助職員」は廃止となりました。

short story

超遅咲きＤＪの華麗なるセットリスト全史

あたしのうちは音楽一家ってやつで、パパは交響楽団のヴァイオリニスト、ママは日比谷公会堂でリサイタルを開いたこともあるピアニストだった。結婚してからのママは、兄と姉にだけ、スパルタでピアノを教え込んだ。

「だって上の二人は筋が良かったんですもの、緋沙子《ひさこ》ちゃんと違って」

こんなことをさらっと言う意地悪なママだけど、たしかにその通り。あたしも最初はママにピアノを教わっていたけれど、バイエルでつまずく落ちこぼれぶりだった。

「ぼくが緋沙子くらいのときは、もうブルグミュラーを卒業してたぜ」

「あら、あたしなんてソナチネを終わらせてたわ」

なーんて、兄からも姉からも馬鹿にされたものだ。

でも、味噌っかすのあたしには反論もできなかった。なにしろうちでは、楽器を上手に演奏できる人が偉くて、自分の意見を言う権利を持っていたから。楽器を上手に演奏できない人は嘲笑われて当然、そんな決まりがあるみたいだった。

それにあたしはピアノがほんとに下手クソで、どんなに教えられても楽譜はスラスラ読めないいし、右手と左手で違う動きをすると指がこんがらがっちゃうんで、すぐに嫌気がさした。あたしの小さな指には、鍵盤は大きすぎるし重すぎるのだ。音《ね》を上げて癇癪《かんしゃく》を起こすたび、

「練習が足りないのよ！」

ものすごい形相で怒鳴られた。

ママは練習に心血を注がない人をみんな怠け者だと思っている。ママにとって練習は絶対だ。自分も一日に最低二時間は指を動かしたし、兄や姉にはその倍くらいの練習時間が義務付けられていた。だから四谷にあったうちからは、いつもピアノの音が響いていた。

当時としてはめずらしい洋館で、魚のうろこみたいな赤い瓦の、三角屋根が目印だった。よく垣根の向こうで近所の人が耳を澄ませていて、彼らは音色だけで誰が弾いているのかわかると言った。

「やっぱりお母さんのピアノはいいね」とか、「お姉ちゃんはずいぶん情熱的に弾くようになったね」とか。ばあやにくっついて買い物に出ると、近所の人に呼び止められて、よくそんなことを言われたっけ。

台所でジャガイモを剝くのを手伝っていると、

「お嬢さま、ひがんじゃ駄目ですよ」

ばあやは釘を刺すように言った。

「ひがんでなんかないわ」

思いっきり頰を膨らませながら、あたしはちょっと無理して言う。

「あらそう。それならいいですけど」

ばあやはふふふっと笑った。

ばあやはあたしがどれだけむくれても笑って受け流し、いつもこんなことを言って慰めてくれた。

「緋沙子お嬢さまは大器晩成型ですからね。大器晩成型の人の子供時代は、普通の人の何倍も、辛いものなんですよ」

大器晩成型という言葉の意味はよくわからなかったけれど、「あなたはまだ終わってない。はじまってもいない。これからこれから！」というニュアンスは伝わってきた。そう言われると悪い気はしなくて、プーッと膨らませていた頬からしゅるしゅる空気が抜ける。あんまり何度も言われるもんだから、なんだか自分は本当に、大器晩成型なんだという気がした。

でも、それってつまり当面は、鳴かず飛ばずってことだ。それが運命づけられているってことだ。

あたしは相変わらずピアノが上達せず、味噌っかすで、近所の男の子からも「下手クソ緋沙子はピアノなんか弾くな」と罵倒された。

でも、言い訳するわけじゃないけど、うちにあるたった一台のピアノは、いつも兄と姉が独占してるもんで、末っ子のあたしはなかなかさわれなかったのだ。

パパにそう泣きついたら、

「緋沙子はピアノをやめてヴァイオリンをやったらいいよ」と言ってくれた。

あたしは大喜びでパパの首に抱きついた。

てっきりパパが、つきっきりでヴァイオリンを教えてくれると思ったのだ。

ところがどっこい、パパったらあたしに、大塚にいいヴァイオリンの先生がいるから、そこへ通いなさいと言った。なーんだ、パパが教えてくれるんじゃないんだ。

あたしはちょっとがっかりした。けれど、その大塚の先生がロシア人で、あの諏訪《すわ》根自子《ねじこ》さんや巖本真理《いわもとまり》さんも、その先生の元でヴァイオリンの英才教育を受けたんだと聞くと、すっかり気を良くしてしまった。諏訪根自子さんといえば素晴らしい美貌で有名な天才少女だし、巖本真理さんの独奏会には母に連れられて行ったことがあった。

このあたしが、彼女たちを指導したロシア人の先生に教わる……！

その話を聞いた途端すっかり舞い上がり、一足飛びに自分も天才ヴァイオリニストの仲間入りを果たした気がした。頭の中では止めどなく妄想が広がって、諏訪根自子さんと巖本真理さんとあたしが、「天才ヴァイオリニスト三人娘」よろしく、新聞記事に取り上げられているところまでありありと浮かんだ。あたしだけがすごく年下だから、写真を撮るときは背丈のバランスを考えて、きっと真ん中に立たされるんだわ。

そう確信して、ほくそ笑んだりした。

ロシア人の先生が住む大塚のアパートメントへは、ばあやとともに出かけた。

うちの最寄りの四谷見附から都電三系統に乗り、飯田橋で乗り換えて、やっとのことで辿り着く。東京文理科大前の停留所の目の前にあるその建物は、五階建てのどっしりしたコンクリート造りで、百室以上部屋があるのに住人は全員女性という変わったところだった。その建物に住んでいるのは高給取りの職業婦人ばかりというので、ばあやはあんまりいい顔をしなかった。そういう人たちに感化されると、あたしの教育上よろしくないそうだ。

「女の子はね、大人になったら一刻も早く結婚するのがいちばんなんですよ」

「ふん」

ばあやに手を引かれながら、あたしは興味なさげに鼻を鳴らす。

「ねえ、ばあや、そしたらなぜここの人たちは結婚していないの？」

「いい人にめぐり逢えなかったんでしょうね。でもお嬢さまは心配なさらなくて大丈夫ですよ。お年頃になったら、お父さまがちゃんと素敵な人を探してきてくださいますからね」

あたしはやっぱり、そんな話はどこか上の空だ。それでいて、この奇怪なアパートメントの建物に興味津々なのだった。

「ねえばあや、ここにはエレベーターがあるっていうじゃないの。あたしエレベーターに乗ってみたいわ」

「いけません、先生のお宅は二階ですから、階段でまいりましょう」

「ばあや、この建物には食堂があると聞いたわ。お稽古が終わったらちょっと行ってみましょうよ」

「いけません、ご挨拶が済んだらすぐに帰らなくてはなりませんよ」

ばあやは生真面目で固いことばかり言う。

アパートメントのエントランスにはレリーフの施された立派な丸柱があって、そこをくぐって中に入った先は、ちょっとした応接室になっていた。

「んまあ！　ばあや！　すごいところね！」

応接室の窓は木枠のガラス戸になっていて、中庭に通じている。どこもかしこもめずらしいもんで、あたしはすっかり興奮して、ガラス戸を観音開きにパアッと開けて、思わず中庭にピューーッと飛び出した。

「これっ！　緋沙子お嬢さま！」

ばあやが止めるのも聞かず、あたしは中庭でくるくる回りながら、コの字形の建物全体を見上げた。空まで届きそうなくらい高く、ずらりと窓が並んで、あまりの壮観に「うわぁ」と声が漏れた。まるで別世界だ。先生のお宅から漏れてくるのか、ピアノとヴァイオリンの音色が天から降り注いできた。

「あら、可愛らしいお嬢ちゃんね」

声の方を振り向くと、断髪にワンピースという出で立ちの、いかにも職業婦人めいた女の人が立っていた。

「アンナ先生のとこの生徒さんかしら?」

その人は、ほっそりした指に挟んだ煙草をゆっくり口元まで運び、一口吸って、すーっと煙を吐いた。

「アンナ先生は日光室にいらっしゃるんじゃないかしら? 連れてって差し上げましてよ。今日はね、ちょっとした演奏会なの」

その人に案内されて、廊下を先へと歩く。

「ここはなんでもそろっているのよ。地下には大浴場でしょ、それから食堂もあるから、お台所に立つ必要もないの。洗濯室にミシン室、いまから向かうのは、屋上の日光室よ」

廊下には日が差さず、薄暗く、ひんやりしていた。けれどずらりと並んだ部屋のドアというドアには、ぱっきりした鮮やかな赤いペンキが塗られて、とてもモダンだった。偶然ドアを開けて出てきた人がいて、あたしは通りすがりにこっそり中を覗き見る。部屋に置かれた丸テーブルには、真っ白いレースのクロスがかかって、真ん中に置いてある小さな一輪挿しにバラの花が活けられているのが見えた。あたしも帰りに野花を摘んで、お部屋に飾ろうと思った。

それからあたしは、念願のエレベーターに乗ることができた。さっきのおねえさまが、鉄でできたアコーディオン型の仕切りを開けてくれて、中に乗り込むと、ガタピシと酷い音を立てて上にじりじりと昇ってゆく。ばあやは「ヒィッ」と悲鳴を上げながら、あたしの手をぎゅっと握った。なんだかばあやの方が子供みたいだ。

エレベーターが止まり、

「さあ、着いたわよ」

おねえさまはあたしを前に進ませた。

「うわあ！」

そこは打って変わって太陽がさんさんと照りつける、まさに日光室の名に相応しい場所。ガラス張りの空間にはアップライトピアノがあり、着物姿の女性が軽快に指を弾ませ、外国人の女性が——彼女がロシア人の先生に違いない——ヴァイオリンを華麗に弾き、それに合わせて一人がオペラ風に歌をつけていた。そこに何人もの女の人が集って、演奏に聴き入ったり、音に合わせて体を揺らしたりしている。

「ここの人たちはね、ときどきこうして、屋上に集まっているの」

その光景はあたしの目に、カメラのシャッターを切ったみたいに焼きつけられた。キラキラ光る太陽、リラックスしたみんなの顔、とびきり素敵な音楽——。

ここにいるみんなが、音楽を心から楽しんでいるのがわかった。〝音〟を〝楽〟しむってこういうことなんだと、目が覚める思いがした。

あたしはばあやの袂《たもと》を引っ張って、大事な秘密をささやくように言った。

「ばあや、すごいわね、ここは天国みたいだわ」

あたしはそのアパートメントがすっかり気に入った。ここに通えるなら、ヴァイオリンをパパに教われなくたっていいと思った。パパやママにお稽古をつけてもらえないのは、あたしがいらない子だからなんだと、ひがむことをやめた。

けれどその膨らんだ期待は、すぐにぺしゃんこになってしまった。たったの三回通ったただけで、あたしはアンナ先生に才能のなさを見抜かれ、「もう来なくていい」と言われてしまったのだ。

「ここへは、選りすぐりの才能を持った子供たちが、三歳や四歳から通ってきます。あなたはいくつですか？」

先生はやせて背が高く、威圧的なロシア語を響かせた。うんと高いところから見下ろされ、あまりにも怖くて半べそをかいてしまった。

「このくらいで泣く子に、ヴァイオリンを弾く資格はありません」

あたしもばあやもロシア語はさっぱりだったけど、彼女がなにを言っているかは、心にスッと入ってきた。先生が厳しい目つきであたしを見据えるんで、恐怖と緊張でいまにも倒れそうだった。

「そんなに弱くては、どんな楽器もものにできませんよ。もうここへは来なくて結構」

あたしの目から、涙がぶわっと溢れる。

それは別に、パパの期待に応えられなかったからでも、有名な先生に見限られたからでもない。ただもう、このアパートメントに来られないと思うと、しくしく泣けてしまうのだった。あの天国みたいな音楽会に二度と行けないのかと思うと、目の前が真っ暗になるように悲しかった。

あんな素敵な瞬間を、また味わいたい。

ここは天国かと見紛うような瞬間に、もう一度でいいから立ち会ってみたかった。


♪


それからほどなくして戦争がはじまった。

パパは兵隊に行き、あたしは山形に疎開して、もちろん音楽なんて「ぜいたく」だから鼻歌すら歌えなくなって、聞こえてくるのは軍歌ばかりだった。

戦争が終わって東京に戻り、焼け残った四谷のうちから、あたしは青山にある私立校に通いはじめた。パパは戦地から戻り、兄は大学の職にありついて、姉もテレビ局に受かって月給取りになった。暮らしぶりは持ち直したけれど、ママは戦争の前と後ですっかり人が変わってしまった。ばあやに暇を出したせいで慣れない家事に追われることになり、白魚《しらうお》のようだったママの手指は見る影もなくなってしまった。美しい音楽を作り出していたママの手が、いまでは雑巾をしぼったり、冷たい洗濯物をパンパン叩いてシワを伸ばすことに使われている。戦争が終わっても、うちの中に戦前の気分は戻ってこなかった。

でも、うちの外は違った。

世の中はどんどん変わっていた。進駐軍のジープが砂ぼこりをあげながら走っていくだけで、新しい時代の風が薫るようだった。

新しい時代——それはつまり、ジャズの時代がはじまったってことだ。

ジャズ！

猫も杓子もジャズジャズジャズジャズ！　ジャズ一色だ。

街にはたくましいアメリカ兵が溢れ、まぶしげな瞳であたしたちににっこり微笑みかけた。そして彼らは女の子をナンパしては、「米軍キャンプの中にあるジャズクラブへ一緒に行かないかい？」と声をかけてきた。

あたしもお友達も話しかけられるや、頬を染めて学生鞄を胸に抱き、

「キャ———ッ」

と叫びながら一目散に逃げた。

でも逃げたあとで、

「あんた、どしてあそこで逃げちゃったりしたのよ、あたし行きたかったわ、ジャズクラブ」

「なに言ってんのよ、そっちが先に逃げ出したんじゃない」

なんて後悔しながらお互いを小突き合った。

学校を卒業するとあたしは、パパのコネでお茶の水の楽器店で働きはじめた。

ハタキを持って楽器についたほこりをパタパタやっていると、ウインドウの向こう側に、よだれを垂らしそうな顔でサキソフォーンに見蕩《みと》れている男子学生がいた。

「ちょっと、そんなところにいられちゃ、ほかのお客さんの邪魔よ」

いつもウインドウに張り付いている常連の顔を、ハタキで邪険にパタパタやる。

「オイやめろよ。見るだけはタダだろ？」

「こっちは商売なんですからね、見るだけでもお金とってやりたいわ」

「そんな軽口を叩いて、生意気な女だな」

「毎日毎日お店の前に立たれちゃ迷惑よ。そんなに暇ならアルバイトでもおやりなさいな。そしたらサキソフォーンなんてすぐに買えちゃうわよ」

「なにを～!? じゃあ向こうの店で買ってもいいんだぜ？」

「あら、もしかしてお金できたの？」

「いやぁ、月賦さ」

「ちょいと、月賦でもなんでもいいけど、買うならうちにしてよね。もうふた月もそうやってお店の前、塞いでんだから」

「わかってるさ。だからこのサキソフォーン、ほかの奴に売るなよな」

この学生さんは明大に通っている阿久津《あくつ》さんという人で、ジャズ研究会に所属しジャズ喫茶に通い詰める、ジャズに夢中な若者の典型だ。

「あんたいつ勉強してんのさ？」

「馬鹿だな。大学なんてところは入っちまえば、あとは社会に出るまでうんと青春を楽しむとこなのさ」

「んまあ、気楽なもんね」

「その代わり社会に出たら男は地獄だぜ？　家畜みたいに働かされて、結婚なんかした日には人生おしまいさ。言うだろ？　結婚は人生の墓場って」

「減らず口言って！」

阿久津さんとはすっかり仲良くなって、ある日ジャズ喫茶に行こうと誘ってくれた。

「あら、うれしい！　あたしジャズ喫茶ってはじめてなのよ」

そうして生まれてはじめて行ったジャズ喫茶で、あたしは驚くべきものを見たのだった。いや、聴いたというべきか――。

ジャズバンドを従えてマイクの前に立っていた女の人に、見覚えがあった。

「ねえ、あのボーカルの人……」

「ああ、スゴいだろ？　彼女、ペギーっていうんだ。今度レコードデビューすることが決まってるんだぜ。きっとあっという間にスターになるよ、あの子は」

それはたしかに、同じ学校に通っていた女の子だった。彼女とは家が近所で、よく四谷の駅で一緒になったから、何度か言葉を交わしたこともある。たしか音大進学を目指して声楽の先生についていると言っていたけど、まさかこんなに素晴らしい声をしていたなんて。

ステージの真ん中で、クラシック・ナンバー『ビギン・ザ・ビギン』を歌う彼女に圧倒されながら、あたしは呆然と立ち尽くして言った。

「すごいわ。みんな彼女の歌に聴き入ってる」

スポットライトを浴びて、素敵なドレスを着て、大人びた表情で歌う彼女を遠くから見ながら、いいなぁ、あたしもいつかこんなふうに、みんなの前に立ってみたいなぁと思った。

その瞬間なぜか、

——お嬢さま、ひがんじゃ駄目ですよ。

ばあやの声が耳に蘇ったのだった。

やあね、ひがんでなんかないわよ、あたし。本当よ。

——あらそう。それならいいですけど。

ばあやの笑みをふくんだ声が聞こえる。

——緋沙子お嬢さまは大器晩成型ですからね。

でも、あたし、じきに二十歳よ？　二十歳を過ぎたら女なんか、お嫁に行くだけじゃない。

だから大器晩成型の女なんて、よく考えたらおかしな話だ。そう思って、クククッと笑ってしまう。

「なんだよ、気味悪いな」

阿久津さんが眉をひそめる。

「ごめんなさい。だって、これからスターになる彼女に比べたら、あたしの人生なんて、ちっぽけだなぁって。そう思うと、なんだか悲しくって」

「悲しいのに笑うのかい？　ますますおかしな奴だな」

「違うのよ。あたし、自分の人生はこれからだわって、ずっとそう思ってたの。でも、じきに二十歳でしょう？　二十歳を過ぎてしまえば、あとは結婚でしょう？　人生なんてあっという間なんでしょうね。そう思うと、なんだか可笑しくなったの」

「……いくら長生きしても、最初の二十年こそ、人生のいちばん長い半分だ」

「なあに？　それ」

「イギリスの詩人の言葉さ」

「どういう意味？」

「時間がうんと長く濃密に感じられる多感な年頃こそ、その人のすべて。そういうことじゃないかな」

「困るわそんなの！　だってあたし、まだなにもしてないもの。なんにも成し遂げてないもの」

　ジャズの音量に対抗するみたいに、あたしは一際大きな声を出した。

「おいおい、急にどうしたんだ。嫁に行くのが嫌なのかい?」

「そうじゃないわ」

「もらってくれる人がいないとか?」

阿久津さんは、ちょっと冗談めかしてつづける。

「きみみたいなお転婆じゃ、男の方が逃げて行くだろうね」

「ひどい」

「まあ、売れ残りになる前におれに泣きついてきたら、もらってやらないこともないがね」

「そんなお気遣いなさらなくって結構よ! 阿久津さんは、たった一人の大事な男友達なんですから」

「ちぇ……ただの友達か」

そこで演奏が終わり、一斉に拍手が沸き起こった。

あたしは歌い終わったペギーに向かって、精一杯の拍手を送った。手が真っ赤になるほど強く、腕を高く高く上げて。みんなの拍手が尻すぼみになっても、あたしはずっとずっと彼女に、拍手を送りつづけた。

それからエルヴィス・プレスリーが人気になってロックンロールというものが現れ、あたしはジャズからすぐさまロックに鞍替えして、阿久津さんから「この裏切り者！」と罵られたりした。ビートルズが来日すると、あっという間にグループサウンズの時代が来た。あたしは勤めていた楽器店から音楽系の出版社に移り、売り子から編集者になった。同世代の女性が音楽雑誌の編集長を務める中、あたしの仕事は楽譜を作ることで、それは大変に地味な作業だった。灰色のスチール机に一日中張り付いて電話を受けたり、写植屋さんを行ったり来たり。そんな暮らしの中であたしは、すっかりGSに夢中になって、とりわけザ・スパイダースの井上順の虜《とりこ》になった。三十歳を過ぎたオールドミスが、年下のアイドル歌手に十代の娘のように熱狂するなんてと、みんなにさんざん笑われた。あたしはどうやら人に笑われる運命にあるらしい。ピアノが下手だとさんざん馬鹿にされたころと、なんにも変わっていないわけだ。

とりわけ阿久津さんなんかは、

「そんなちゃらちゃらしたアイドルに入れあげるなんて、見損なったよきみ」

と、大真面目な顔で説教しに、わざわざやって来るのだ。阿久津さんは三年前に、上司の娘さんとお見合い結婚していた。

「なによ、そんなこと言いに呼び出したの？　奥さんのある人が独身の女を喫茶店に誘うなんて、勘違いされたらどうすんのよ」

「こっちは夫である前に一人の人間だよ。お茶を飲みたい相手がいれば好きに飲むさ。それにね、きみといるところを見ても、誰もいかがわしい現場だなんて勘違いはしないよ。きみはまるっきり行き遅れのオールドミスだからね、せいぜい外回りの途中にバッタリ会った会社の事務のオバサン、ってなとこだろうよ」

「またそんな減らず口！」

就職を機にすっかりジャズをやめた阿久津さんからすれば、「音楽なんてものは所詮、若者の暇つぶし」ということになっていて、あたしの井上順への情熱をただただ小バカにしてくるのだった。

「きみもいい加減、結婚しろよ」

「そうね、そのうちね」

「そのうちってきみ、もう三十も過ぎて、そろそろクリスマスケーキの売れ残りから十年経つんじゃないのか？」

「余計なお世話よ」

「その余計なお世話をしてやろうっていうんじゃないか。うちの課にちょいといい男がいてね。仕事もできるし健康そのもの、俺とは違っていまでもジャズをよく聴いてね。理系なんで、オーディオをいじるのが好きとか言ってたな。どうだい？　きみにピッタリだろ？」

それであたしは、阿久津さんの紹介でその人と会うことになった。

年はあたしの一つ下（きみは井上順なんかに夢中なんだから、年下でも気にはしないだろ？）。背はあたしよりも少し高いくらい（井上順だってこんなもんだよ）。

阿久津さんに引き合わされたその人とは、よく会社帰りに名曲喫茶に立ち寄った。口を開けば井上順の話ばかりのあたしをせせら笑ったりしない、おおらかな人だった。

「緋沙子さんはきっと気が若いんでしょうね」

「あら、どして？」

「普通は音楽というと、みんな青春の時分に熱中したものに固執するでしょう？」

「そうね、阿久津さんも、若者の暇つぶしなんて言い方してたわ」

「きっと悔しいんですよ。会社で働き出すと、ゆっくり腰を据えて音楽を聴く時間もなくなる。忙しさにかまけて新しい音楽からは取り残されていく。下手に好きでいると、ストレスになってしまうんじゃないかな」

「だったらいっそ仕事だけして、なにも聴かない方がマシ、ってこと？」

「男は融通が利かない生き物ですからね。不器用なんですよ。それにプライドも高い。一方女性は享楽的だ。阿久津さんにしてみれば、昨日はジャズ、今日はロカビリー、明日はグループサウンズなんて、蝶のように次から次へと移っていける緋沙子さんがうらやましいんですよ」

「それであんな皮肉ばかり言うのね」

「そういうことですよ」

あたしはその人と遅い結婚をして、仕事を辞め、家庭に入った。子供は男の子が一人。それからの十年間は丸々子育てに追われて、子守唄を歌ったり童謡を聴かせたりがせいぜいだった。息子が十三歳になった一九八一年、最後の日劇ウエスタンカーニバルに、解散していたザ・スパイダースが出演すると聞き、あたしはとるものもとりあえず駆けつけた。

あたしは最前列から、タンバリンを叩く順に向かって、思いっきり紙テープを投げた。四十肩のせいで思うように肩が上がらなくて、紙テープは順に届かずぽとりと落ちた。あたしはちょっと泣いた。

♪

栄枯盛衰とはよくいったもので、誰かが天下を獲って輝かんばかりの季節がしばらくつづくと、時とともにそれは花がしおれるように下火になって燃え尽き、でもすぐさま新しいスターがちゃんと現れて、次の時代を作っていった。

というわけで、ザ・スパイダース解散後、長らくあたしの心にぽっかり空いていた穴は、ＹＭＯによって埋められることとなった。

あたしの八十年代はＹＭＯ一色だった。

買ってきた雑誌から坂本龍一だけを切り抜いていると、

「母さんなにやってんだよ！　そんなことしたら価値がなくなるだろ？　ＹＭＯは三人でなくちゃ意味がないんだよ。だいたいＹＭＯは細野晴臣あってこそなのに！」

十代の息子は生意気ばかり言って、あたしのことをすぐ馬鹿にする。

「だってこの写真の教授、あんまりかっこいいんだもの」

「ったく、母さんはほんとミーハーだな」

「んまあ、ミーハーじゃ悪い？」

家事を終えた夜中、レコードをかけながらＹＭＯのスクラップを眺めるのが密かな楽しみなのに、大学生になった息子がテレビの深夜番組目当てにリビングに下りてきて、すぐこうやって水を差してくる。

「んもーあんた、アルバイトでもして自分の部屋にテレビ買いなさいよ」

「なんだよそれ、部屋にテレビがあったら、家族団らんができなくなるだろ？」

「減らず口ばっかり！」

息子が夢中になって見ているのは、素人バンドが出場するバトル形式のコーナーだった。

「これいまスゲエ流行ってんだぜ」

「へぇ」

「オレもいま大学の友達とバンド組もうって話してるんだ」

「へえ、バンドねぇ」

「やっぱり買うならギターかな。でもベースもカッコイイな」

「あら、楽器買うならあたしに言ってよ。母さんが昔働いてた店、紹介するから」

「えっ？　母さん、楽器屋で働いてたの？　そんなの初耳だよ」

「あら、言ってなかった？」

　息子とそんな話をしていると、テレビから不思議な歌声が流れてきた。あたしはハッと胸をつかまれ、ブラウン管に目を向ける。そこにはマイクの前に立ち、あどけないポーカーフェイスで歌う、ボーイッシュな女の子の姿があった。

「ねえ、この子誰？」

「さあ、知らない。オレもはじめて見た。初出場って書いてあるだろ」

　息子はいつもの突っかかるような言い方。

「なんて名前かしら？」

「ジッタ……リン…ジン？　変な名前だな」

「変な名前ね」

　変なのは名前だけじゃなくて、楽曲の方もだった。

　空まで突き抜けそうにまっすぐな蒼い声。十代ならではの、はやる呼吸みたいなツービート。

その日あたしは、スゴいものを目撃した。

それはこれまでに聴いたことのない音楽で、リズムも、ボーカルの女の子の声も、歌い方も、歌詞も、なにもかもがとてつもなく斬新で、新鮮だった。少年のように飛び跳ねて歌う無表情なボーカルに、あたしはほとんど恋をする勢いで魅了された。曲が演奏されるわずか数分間、あたしは自分の年も忘れて、十代の少女のように胸をドキドキさせた。


好景気がピークを迎え、バブルがはじけて世の中のムードもすっかり変わり、九十年代は次から次へといろんなミュージシャンが現れては消えて行った。そして息子が就職して結婚して孫が二人生まれたころ、久しぶりに胸をときめかせたのが、モーニング娘。の『LOVEマシーン』だった。あたしはすぐに虜になった。本当に不景気を吹き飛ばしてくれそうな、景気のいい歌詞とメロディ、歌って踊る若い女の子たちの儚《はかな》い輝き。

本当に、なにもかもがあっという間に過ぎ去っていく。流行り音楽は、ただそのことだけを表現しているんじゃないかと思うほど。音楽は時代に色を与え、また別の音楽がそれを塗り替えてゆく。

　そんな移り気なものに、夢中になったり、ちょっと飽きたり、冷めたりしているうちに、気がつけばあたしは七十五歳になっている。父も母も、兄も姉も、ばあやも、そして夫も、もうこの世にはいない。いるのは息子とお嫁さんと、あとは孫だけだ。

　その孫がある日、レコードプレーヤーを買ってきた。

「懐かしいじゃないかい、レコードプレーヤーなんて。しかも二つも！」

「プレーヤーじゃないよ」

「じゃあなんだいこれ？」

「ターンテーブル」

「なんだい？」

「DJが使う機材だよ。まあ、楽器みたいなもん」

「楽器⁉　これがぁ⁉」

「そう。このターンテーブル二つの間にミキサーを置いてアンプ内蔵のスピーカーから音を出すんだ」

「……で、なにを演奏するんだい？」

「演奏はしないよ。レコードをかけて、いい感じに次の曲につなぐんだ」

「なんだ、レコードをかけるだけかい」

「でもそれが難しいんだぜ？　途切れないようにスムーズに曲をつないでいかなきゃならないし、みんなの気分に合ったものをその場でセレクトするんだぜ」

「おばあちゃんにはよくわからないよ」

「とにかく、いい感じにレコードをかけるんだ」

「いい感じに？」

「そう、いい感じに」

張り切って買ったくせに、うちの孫ときたらすぐに挫折して、機材一式はろくに使われることもないまま、ほこりをかぶるようになってしまった。

「もったいないねぇ、せっかく買ったのに」

見かねてカルチャースクールに問い合わせると、「ＤＪ講座」というのを紹介され、あたしはさっそく行ってみることにした。

カルチャースクールにはたくさんの講座があって、あたしはそれまでもいろんな授業を受けていたけれど、ＤＪのにいちゃんの授業は本当に人気がなくて、回を重ねるたびに出席者が減っていった。仕方のないことだ。年をとるとみんな詩吟とか、そういう渋いものに興味を引かれるものだから。

でもあたしは講師のにいちゃんが若くてハンサムなのが気に入ったし、好きなレコードをかけてみんなに聴いてもらうことにもわくわくした。けれど三回目の授業で、ついに出席者があたし一人となり、講座は打ち切りになった。一人しか受講しないのに教室をあてがうわけにはいかないから。DJのにいちゃんは落ち込んでしまった。

「気にしなさんな。じーさんばーさんは新しいものが苦手なんだよ」

とあたしが励ますと、

「あ、どうも」

にいちゃんはぶっきらぼうに礼を言った。

「にいちゃんが聞かせてくれるピコピコした音楽、あたしは好きだよ。ほら、このあいだの、ロボット二人組とか」

「ダフト・パンクっすね。ああいうの、興味あるんすか？」

「あるね、あるある。あたしは根っからの新しもの好きなんだよ」

DJのにいちゃんとは仲良くなって、今度クラブでイベントをやるから遊びに来てよと誘ってくれた。あたしは「行く行く」と二つ返事で、生まれてはじめてクラブというところに出かけ、衝撃を受ける。

そこはまさに地下世界《アンダーグラウンド》。暗くきらびやかな空間には、下っ腹に響く大きな音で音楽が止めどなく流れ、みんな陶酔したように体を揺らし、歓喜を表現していた。

ああ、これはあれだ。

あの日、大塚女子アパートメントで見た、あの光景とおんなじだ。

音楽に合わせてみんなが思い思いに楽しむ、あの感じ。

内緒の場所で開かれる、愛好者だけの密やかな集まり。

そこに集う人たちが見せる、親密な一体感。

ダンスフロアの真正面で音楽を奏でていたのは、たしかにDJのにいちゃんだけど、楽器を弾いているわけじゃない。それなのにこの場所の主は間違いなくDJで、彼はヘッドフォンを耳に当てながら、ひとつなぎの壮大な音楽を奏でているのだった。

あたしはすぐさま、DJのにいちゃんに個人指導をお願いした。うちにある孫の機材を使って教えてくれ、あたしもいつか、あんたみたいにクラブで演奏してみたいんだと、熱弁をふるって。

　そうして何年もかかって基礎的な技術を叩き込んでもらい、八十歳になった今日、あたしは生まれてはじめてクラブのＤＪブースに立つ。

「ねえ、一人、呼びたい人がいるの」

「もちろんいいっすよ。チケットどんどん売ってくださいよ、緋沙子さん」

　あたしはもう何十年も会っていなかった阿久津さんに葉書を出して、「あたしの生前葬だと思って来てちょうだい」とお願いした。返信は阿久津さんの家族が寄越した。阿久津さんは何年か前に脳梗塞をやって、体が不自由になっているそうで、その介護をしている家族はあたしの誘いを「非常識だ」と受け取ったらしかった。

　けれど阿久津さんは来てくれた。

　車椅子に乗って駆けつけてくれた。

　家の外に出るのは、二年ぶりだという。

　阿久津さんは麻痺の残ったおぼつかない口を、精一杯動かした。

「いい年して、こんな子供に交じって音楽やるなんて、みっともないなぁ」

「なにさ、好きでやってんだからいいじゃないのさ。とっても楽しいのよ」

「サングラスなんかかけて、そんなんで前が見えるのか?」

「あんまり見えないの。でもDJなんだから、カッコつけなくっちゃ」

「……きみって人は、女のくせにジャズが好きだったし、オールドミスだったし、いきなりスパイダースが好きになったり、ほんと変な奴だったよな。だけどまさか、ここまで変な奴だとは思わなかったぜ」

阿久津さんは、ショボショボと縮んだ目に、いっぱい涙をためながら、相変わらずの減らず口をきく。あたしはそれがうれしくて、「バカねぇ」と笑ってしまうのだった。

「こんな大勢の前で、ヘマするなよ、カッコ悪い」

「まあ見てなさいって」

あたしはDJブースに入ると、ヘッドフォンをつけ、最初のヴァイナルにそっと針を落とす。

ジャズのスタンダード・ナンバー『イン・ザ・ムード』から、スパイダースのデビュー曲『フリフリ』に大胆カットイン、そこからYMOへつなぎ、盛り上がってきたところでジッタリン・ジンをかけ、さらにモーニング娘。とたたみかけて、最後はクラシックのピアノ曲でまとめ上げるマイ音楽史スタイルだ。ところどころに四つ打ち系を挟んで、〝客に目配せ〟するのも忘れない。タイミングが一拍遅れたり、途中で曲が途切れるという痛恨のミスもあったけど、なんとかみんな最後まで踊ってくれた。拍手もくれた。

フゥ

イエッ

ヒサコォォォ

そんな掛け声が飛び、ピューィと指笛まで鳴らされた。

「ヤベエ最高！　デビューにしちゃ上出来だよ緋沙子さん!!!」

ＤＪのにいちゃんが握手を求めてきた。

握手に応えると、にいちゃんはあたしを抱き寄せて、背中をパシパシと叩いた。

孫ほど若いＤＪのにいちゃんに肩を抱かれながら、あたしは興奮でわけがわからなくなっていた。太陽をたくさん浴びたような、マラソンを走りきったような、海でたくさん泳いだような、そんなえも言われぬ満足感に、心も体も満たされているのを感じていた。

フロアで思い思いに踊るお客さんの様子を眺めていると、脳裏にふっと、大塚女子アパートメントの屋上で見た、あの天国みたいな光景の感触がありありと蘇ってきた。

懐かしい、あの。

けれどあたしは頭を振って、そのノスタルジーをかなぐり捨てる。

あたしは思い出に耽溺《たんでき》なんかしない。

前へ前へ進むんだ。

あたしは大器晩成型だから、その分先は短いもんで、過去に浸ってる時間なんてないのさ。

あとがき

去年、四十歳になりました。誕生日に二十年来の親友から届いたプレゼントはクリアファイル。親友はこのところ、かつて愛読していた雑誌の買い直しに精を出しており、メルカリやヤフオクでコツコツ集めた宝物を、わざわざカラーコピーしてファイルに綴じ、送ってくれたのでした。

ファイルをめくるとそこには、十歳から十三歳のころにかけて毎月発売日を心待ちにしていたティーン向け雑誌の、穴が空きそうなほど見つめたファッションページが！　グランジが一世を風靡するちょっと手前まで、わたしも親友もその雑誌を愛読していたのです。プリーツスカートにスタジャンを合わせた東海岸風カレッジスタイルや、ギンガムチェックのワンピースにコンバースのオールスターといった定番コーディネートなどなど。ちょっと野暮ったくて可愛くて、いま見てもめちゃくちゃときめきます。それを着こなす専属モデルはみな少し年上で、自分も彼女たちのように、十六歳や十七歳のおねえさんになる日を夢見たっけ。雑誌はタイムマシーンのように、一瞬にして過去へと連れ去ってくれます。

わたしたちは大学で知り合ったので、その雑誌を読んでいた当時は、お互いの存在をまったく知らない赤の他人だった。けれど、同じ雑誌の同じ号を夢中で読んでいたことがわかると、一気に心を許し合いました。愛読していた雑誌の一致は、運命の糸みたいなもので、なんだかずっと昔から一緒にいて、思春期をともに過ごしてきたような気になったし、雑誌の記憶はいまもこうして、わたしたちを結びつけてくれているのです。

十代のころに読んだ雑誌への愛着は格別ではありますが、たまたま開いた新聞や週刊誌のページで、なんとなく読んだ文章が忘れられなかったりすることもけっこうあります。インタビューや対談、写真に添えられた短いキャプション、そういった細部にも光る言葉は転がっているし、雑誌に限らずネット記事や誰かのツイートにも、そういうものを感じることはしょっちゅうあります。石ころだらけの道を歩いていると、たまに、自分にとっての宝石を見つけるような、そんな感じでしょうか。

本書は、短編小説もあれば、雑誌のイメージ写真に添えられていたようなごくごく短い掌編もあり、さらには思い出を綴ったエッセイ、コラム記事といった、雑多な体裁の文章の集成です。発売期間が終わればあっけなく店頭から消える、儚い紙メディアの片隅にひっそり載っていたものを、編集者さんが落ち穂拾いのごとく熱心に集めて、編んでくれました。

この一風変わった本を企画し、会議を通し、膨大な過去の仕事から選別して一冊にまとめてくれた三枝美保さんがいなかったら、どれも永久に埋もれていたでしょう……中身を書いたのはわたしだけど、これは三枝さんとの共著である！　担当の編集者さんが、自分が書くものの純然たるファンであるという幸せを嚙みしめながら、楽しく編集作業を進めることができました。

あとを引き継いでくれた楊木希さん、単行本と文庫版の両方を装丁してくださった佐々木暁さん。そしてこの本を手にとってくれた読者のみなさんに、心からのありがとうを！

石ころでも、丁寧に磨けば宝石になって、誰かのアンテナに引っかかることもあるし、その誰かが宝物みたいに大事にしてくれることもある。これからも気を抜かず、いい仕事をしていきたいです。

二〇二一年六月

山内マリコ

【初出一覧】

・How old are you?（あなたいくつ?）「commons&sense」ISSUE44
・ライク・ア・ガール　日本経済新聞夕刊２０１７年８月21日「プロムナード」（「女の子らしく」を改題）
・自分らしく生きることを決めた女の目に涙　「GINZA」２０１５年８月号
・若さ至上主義に憤るコノシロと未来のあたし　「GINZA」２０１５年９月号
・夢見る頃を過ぎた元美大生のママですけど何か？　「GINZA」２０１５年７月号
（「10年後のあたしたちの人生が辛口すぎて泣ける」を改題）
・さみしくなったら名前を呼んで　「ポンツーン」２０１２年９月号
・わたしの新しいガールフレンド　「ダ・ヴィンチ」２０１４年２月号
・しずかちゃんの秘密の女ともだち　単行本書き下ろし
・サキちゃんのプリン　「OZ magazine」２０１４年１月号
・気分よく自由でいるために服を着る　～ＳＡＴＣに愛を込めて～　「GINZA」２０１２年12月号
・私たちはなぜオシャレをするんだろう　「CLASSY.」２０１８年５月号
・ファッション狂の買い物メモ　「GINZA」２０１３年５月号
・あこがれ　「花椿」２０１４年１月号（「わたしはもう少し、自分のままで闘います」を改題）
・自分をひたすら楽しむの　「大名古屋ビルヂング DNプレス」vol.1 ２０１７年夏号
・ママが教えてくれたこと　「CLASSY.」２０１８年１月号
・われらのパリジェンヌ　「madame FIGARO japon」２０１６年５月号
・ある時代に、ある夢を見た女の子の、その後　『グッド・ストライプス』パンフレット

- 女の子の名前はみんなキャリー・ホワイトっていうの　「キネマ旬報」２０１３年11月下旬号
- 高校の先生に頼まれて書いた、後輩たちへのメッセージ
  山内マリコ氏出身高校「平成24年度 第2学生 学級通信 第5号」（「卒業生は今…」を改題）
- リバーズ・エッジ２０１８　『エッジ・オブ・リバース・エッジ』（新曜社）
- あの頃のクロエ・セヴィニー　「madame FIGARO japon」２０１７年12月号
- もう二十代ではないことについて　『20の短編小説』（朝日文庫）
- わたしの京都、喫茶店物語　「京都カフェ　２０１５」（朝日新聞出版）
- マーリカの手記　――一年の留学を終えて――　『団地のはなし』（青幻舎）
- ここに住んでいた　日本経済新聞夕刊２０１７年7月31日「プロムナード」
- ニキ・ド・サンファルのナナ　「芸術新潮」２０１８年4月号
- マンスプレイニング考　日本経済新聞夕刊２０１７年7月24日「プロムナード」
- 一九八九年から来た女　文庫書き下ろし
- 夢の上げ膳据え膳　日本経済新聞夕刊２０１７年11月20日「プロムナード」
- きみは家のことなんかなにもしなくていいよ　「生活考察」vol.05
- 楽しい孤独　「GINGER」２０１７年7月号
- ドイツ語に「懐かしい」はない　「en-taxi」vol.42 Summer
- 五十歳　『２０３０年の旅』（中公文庫）
- 超遅咲きＤＪの華麗なるセットリスト全史　『ラブソングに飽きたら』（小社）

この作品は二〇一九年三月小社より刊行されたものに「ある時代に、ある夢を見た女の子の、その後」と「一九八九年から来た女」を追加し、再編集したものです。

あたしたちよくやってる

山《やま》内《うち》マリコ

令和3年8月5日　初版発行

発行人――石原正康
編集人――高部真人
発行所――株式会社幻冬舎
〒151-0051東京都渋谷区千駄ヶ谷4-9-7
電話　03(5411)6222(営業)
03(5411)6211(編集)
振替00120-8-767643
印刷・製本―図書印刷株式会社
装丁者――高橋雅之

幻冬舎文庫

ISBN978-4-344-43119-5　C0193　や-30-4

幻冬舎ホームページアドレス　https://www.gentosha.co.jp/
この本に関するご意見・ご感想をメールでお寄せいただく場合は、
comment@gentosha.co.jpまで。